天使如意

和志平◎著

爱的能量在白鹭岛上无形地传递着，将阳光和生命融为一体
一只小猫咪的苦难感动着这片土地，要我们用天使的眼睛去看世界

吉林文史出版社
JILIN WENSHI CHUBANSHE

图书在版编目（CIP）数据

天使如意 / 和志平著 . — 长春：吉林文史出版社，

2025.4. — ISBN 978-7-5752-1071-3

Ⅰ . I25

中国国家版本馆 CIP 数据核字第 20258078HY 号

天使如意

TIANSHI RUYI

著　　者：和志平
责任编辑：王　新
封面设计：吴有森
出版发行：吉林文史出版社
地　　址：长春市福祉大路 5788 号
邮　　编：130117
电　　话：0431-81629357
印　　刷：北京华强印刷有限公司
开　　本：170mm×240mm　1/16
印　　张：12.25
字　　数：164 千字
版　　次：2025 年 5 月第 1 版
印　　次：2025 年 5 月第 1 次印刷
书　　号：ISBN 978-7-5752-1071-3
定　　价：58.00 元

印装错误可与印刷厂联系退换。

谨以此书献给所有救助动物的工作者和保护者！

目 录

上　篇

　　也许一个毫不经意的决定，一件特别不经意的事情，就会改变你生活的时空和状态，这一切看起来是那么偶然，等事情发生了，经历了，过去了，再回头看这段被扭曲得不成样子的生活轨迹，又觉得是那么必然和真实，真实得哪怕是再重新来过 n 次，也改变不了什么，冥冥中好像一切都是被安排好的，后悔和惋惜只是轨迹中上下波动的虚线，没有"也许"，只有生活！

　　小天使的故事就是在不经意间发生的……

第一章　三花猫

2023 年 4 月 26 日。

虽然已经记不清那个傍晚的晚霞辉映着的大海的模样，可发生在那天的事情却深深地刻在了我们的记忆里，从那一刻起我和妻子的生活硬生生地脱离了原来的轨道，没有任何选择地被拖行着。

这里是山海关白鹭岛，一个西班牙风格的海滨度假村。每天傍晚去海边吹海风、看夕阳是住在这里的居民生活中的重要部分，我们也是。那天我和妻子从海边遛狗归来，我独自回到屋里，简单收拾了一下书案，准备坐下用功，忽听妻子在院里急切地呼喊："老公快来，我抓住它了。"我知道妻子说的"它"是谁，虽然我并没有见过。

我疾步走到屋外，只见妻子因为紧张和兴奋憋得满脸紫红，面部肌肉在抽动，双手紧紧搂住一件黄色毯子，毯子里缠裹着一只花色的小猫咪。它在毯子里拼命地扭动，想要挣脱对它的束缚，嘴里还在不停地"嗷嗷"叫着。我顾不得细看，立刻听从妻子的指挥，从妻子手里接过这个小东西，从它的背后用双手托住它的前腿和背部，把它举在空中。妻子说："好，你别动，我去找工具。"这时妻子的好朋友，我们的好邻居"小米"也跑了进来，帮助我束缚这个小家伙。她身后还跟着一只黄花色的田园猫。这只猫咪我认识，是邻居家的"尾巴根"，经常来我家吃饭，妻子说它很厉害，经常欺负一只肚子上有铁丝箍着的受伤的小花猫，应该就是现在这只被我举在胸前的小猫咪。我手里的小猫咪声嘶力竭地叫着，身旁的"尾巴根"围着我转来转去，冲着我大声地吼着，吼叫声惊动了四周的邻居。

此时我们顾不上"尾巴根"的吼叫和捣乱（我猜想它是想营救小花猫），在我和小米两个人用力控制下，这只小花猫终于明白了挣脱无望，除了呼叫，别无他用。它还很小，挣脱一会儿就累了，渐渐地平静了下来，叫声也小了许多。这时我们才看清了它的受伤处：在它的肚子上缠着一根很硬的铁丝，铁丝的两端分别扎进了腹部的肉里，整根铁丝深深地嵌入皮毛里，和肉长在了一起。妻子找了尖嘴钳子和剪花的钢剪，先是在肚子的中间部位用尖嘴钳将铁丝向外拉，使之和肚皮分开，然后用钢剪将铁丝从中间剪断，再用尖嘴钳将铁丝取出。这个过程完成得很快，当我们认为对它的救助完成时，鲜血已经滴落到地面。我们将它本来封闭的创伤（铁丝嵌入皮里，时间长了就和皮肉长在了一起，形成了闭合式伤口）打开了，呈现在眼前的是一条深深的、横跨整个腹部窄而长的伤口。对此我们事前没有任何预判，当即决定立刻送医院救治。我们熟悉的只有一个叫"芽芽"的宠物诊所，我家的两只狗狗和一只猫咪曾经多次去他家就诊。妻子迅速给诊所的张大夫打电话，此时的张大夫已经下班回到家中，接到我们的求助电话，决定立即赶回诊所。我和妻子继续用毯子裹着这个可怜的小生命，开车奔向芽芽宠物诊所，把"尾巴根"丢在后边。

芽芽宠物诊所离我们住的小区只有五千米的路程，十几分钟我们就到达了目的地，张大夫夫妇已经在此等候。彼此熟悉，省了许多客套，直接进入救治环节，我们将小家伙仰放在手术桌上，它胆怯地看着我们，不停地冲着妻子"喵喵"叫，能看出它是在向妻子求救，在这里妻子是它唯一熟悉和相信的人。

　　此时的它虽然还在喵喵叫，还在挣扎，力量和开始比已经小多了。它可怜巴巴地环顾着四周，嘴里在不停地嘟囔着，应该是乞求我们放过它。

　　治疗开始了，在刘医生（张大夫的爱人）的指挥下，妻子和张大夫按住它的前腿和头部，我负责控制住它的两只后腿，此时我才开始好好地端详它：从鼻子两端沿胸部到后腿内侧为分界线，绵羊绒般光亮洁白的绒毛铺满下部的区域，上面则由棕黄色自下而上向棕褐色过渡，脑门中间由棕黑色组成三角形图案，是一只漂亮的"三花猫"。张大夫说它最多有五个月大，而铁丝在它身上至少已有两个月，和它稚嫩的肉体长在了一起，后爪上的指甲几乎全部脱落，往外渗着血，尾巴被夹断了一大截，在后面耷拉着。我们初步分析它是被某种人为放置的弹簧铁夹夹到了，为了逃脱它弄伤了后爪，无法想象它是如何挣脱枷锁捡回一条小命的。此时的它睁着两只大眼睛，惊恐、无助、痛苦地看着周围的一切，好不可怜！

　　经营该诊所的是张大夫和她的老公刘医生，他们既是同学，又是"战友"，救助着远近四邻五舍家的宠物猫狗，他们为人和善，对宠物更是疼爱有加，诊所里收养着好几只无人照看的小猫小狗，其中一只叫"颠颠"的小泰迪狗已经在这里生活五年多了，它患有神经系统疾病，身体不停地扭动，进食都受影响，所以大部分时间它都在不停地"叼食"。它很是可怜，又很是幸运！

　　刘大夫对我们手中这只小东西肚子上的伤口进行了清创手术，上药包扎，对后爪的伤也做了清洗，上了药，给它注射了防治破伤风的针。

　　两个小时后，它被放进了为它准备好的笼子里，由于疼痛，它总是将屁股翘得很高，头斜着贴在下面，不时地发出喵喵的求救声，令人心酸不已！它需要住在这里治疗，妻子给它喂了诊所里的猫粮，我还到外边买了猫罐头回来，小家伙吃好喝好后安静了下来，今天能做的也就这些了。我和妻子看着这个不幸的小生命长出了一口气，心想：它总算得救了！

　　因为这个诊所只有张大夫夫妇，给小家伙换药至少也需要三个人才行：

一个人要按住它的头部，另一个人要控制住它的双腿，这样刘医生才好给它治疗。这就要求我们每天都要过来配合换药治疗。

时间已经很晚了，我们对二位医生表示了感谢，和小家伙进行了告别，告诉它我们明天还会过来看它，给它换药，等它养好了伤，就带它回去，回白鹭岛去，去找"尾巴根"。

它已经不喵喵地叫了，而是胆怯地看着我们离去。

受伤的小猫咪

小米做好了晚饭，等我们回家。

见到我们回来，她急切地问："怎么样了，它没事吧？"

"没事，大夫为它做了清创，上了药，做了伤口包扎，应该很快就会好的，就是小东西要受点儿罪，看着怪心疼的。"妻子答道。

"那就好，受点儿罪是小事，等好了我们好好照顾它，给它吃好吃的，把小家伙受的罪补回来。"小米轻松地说道。

后面发生的事，证明我们全都错了！其实今天晚上的事仅仅是个开始，更大的苦难还在后面等待着我和妻子和这个可怜的小生命去承受、去经历。

第二章　超常"小米"

小米是我们的邻居，也是我妻子最要好的闺密。

我们和小米刚认识的时候，她还没有"小米"这个昵称，我们只知道她姓唐，是一个端庄里透着清馨、笑容里洋溢着贤惠的中年女性。每个女性的"漂亮"和"美"是不尽相同的，我们在她身上感受到的更多的是由里到外的"美"，无论谁和她接触交谈，都能够被她的女性所特有的温柔和善良所感染，好似一股清泉沁入身体，使你的心灵得到慰藉，获得愉悦和平静。

她的这个昵称的由来是一段佳话，也是她和我的妻子成为知交（闺密）、我们两家之间成为挚友的桥梁。

"白鹭岛"是我们的家，我们两家前后排住着，是近邻。

我们的家位于秦皇岛市山海关区，东边与著名景点"老龙头"隔桥相望，西边是海上乐园"乐岛"，南边是海（渤海），北边是山（燕山山脉），白鹭岛称"岛"，其实不是岛，甚至连半岛也够不上，而是紧邻大海的一个海滨住宅小区，最近处离海边只有三百米，海边有一千多米的黄金沙滩和木质栈道，栈道内侧是车行水泥路，之间被错落有序、经纬有型、密疏适度的各种绿植和树木连接，水泥路的北侧是茂盛的树林，穿过大约两百米的树林就是我们的小区。栈道中间处建有观海阁，取名为"白鹭轩"，是完全的木质结构，从白鹭轩向大海望去，约七百米处有一座小岛，小岛的中间是一个可以容纳二十个游轮的港湾，两个航标灯塔女神般伫立在入口两端，守护着一方平安。白鹭轩与大海、沙滩和栈道相互依托，与小岛遥相呼应，构建起这里所特有的自然景观，再配上朝霞或夕阳，诗一般的景色，堪称是"人间天堂"！

小区总共不到五百户居民，大多数是各地来这里养老的五六十岁的中老年人，年轻家庭不多，这些中老年家庭的特点是：开春来、秋后去，主要是来这里避暑，四季常住的家庭算下来也就是百十户。我们前几年也属于这种"候鸟型"住户，在这里生活的时间长了，就爱上了这里。我们爱这里的一切：爱大海、爱日出、爱夕阳，更爱这里的一草一木，爱这里的左邻右舍，同时也爱这里的猫猫、狗狗，现在已经常住不走了。

这里是夏季避暑度假的最佳地点。

都说这里的冬天冷，其实"爱"是能量，是"热"。心里有爱，这里就不冷了。

这里居民的最大特点是平和善良，热情好客，乐于互助。异乡人有着相同的情愫，都渴望有新的朋友与知己，邻里就成为最好的选择。除此之外，宠物成为这里人们献出爱心、消除孤独的最佳伴侣，喜欢养宠物的家里最不缺少的就是爱心，家里有了爱心，生活自然幸福。因为养宠物的邻里多了，清晨和傍晚的海边就成了养犬家庭相聚的地方，邻里们相互问候着、闲聊着，多数是在夸奖着对方爱犬的特点；犬儿们之间早已熟悉了，你追我跑、嬉戏打闹，好不热闹！

我们也养了两只"巴哥"狗，是母女，妈妈今年五岁半，名字叫"妮子"，女儿四岁，叫"小宝"，名字是它们的前主人起的。巴哥的特点是只认一个主人，在我们家里，它们只认我的妻子，也只听她一个人的调遣，没有妻子在，我一个人是领不走它们的。它们没有任何攻击性，连犬牙都没有，煮熟的鸡蛋剥了皮它们都很难吃到嘴里，得帮它们掰碎了。山海关是它们的出生地，离我们这不到十千米，就到它们的老家了，每次我们短期离开这里，就把它们送回原来主人的家里去寄养，这样它们不会感到陌生，没有被丢弃的感觉，保证了它们的身心健康。

2022年初，一只超常小狗闯入了我们的生活，它的全身只有两种颜色：雪白的身体上只有鼻子尖、嘴巴、两只耳朵和尾巴根的上面一小块是黑的，其中一只耳朵的黑色延伸到脑门，眼睛不大，白眼底黑眼球，这种夸张的设计真像是件艺术品。它的超常绝不仅限于外表，更体现在它的性格和动作上：聪明、机敏、快速和温顺，这些优点和长处它能在同一时间和空间里体现给你；它从不和其他动物打架，更不会攻击人，遇到危险就先行离去。我们不知道它从哪来，看它全身如此干净，想它一定是有主人的。妻子非常喜欢它，那些日子它每天都来，妻子每天都给它准备食物，带它一起去海边，和我们的巴哥在一起它非常高兴，对它们特别友好，围着它俩跳来跳去，不时做出亲近动作。但两只巴哥好像不怎么喜欢这个不速之客，对它的示好根本不予理睬，有时还表现出特别不耐烦的样子，妻子对此进行了耐心的中间调解，希望它们和平相处，但效果甚微。

这并不影响妻子对它的喜爱，其程度不亚于对我们家的两只巴哥，因为我们不知道它的名字，妻子给它起了个新名字，"丢丢"，希望它不要再走丢。

妻子给它建了新窝，洗了澡，正式收养了它。

临近2023年春节，我们把两只巴哥送回了它们的老家，准备回廊坊市过年。妻子决定把超常带在身边，这凸显了妻子对它的厚爱，也显示出它"超常"可爱！

那天我们起得很早，早餐后收拾行李和回妈妈家过年准备的年货，丢丢在我们身边转来转去，显得非常兴奋，好像知道要出门似的。妻子为它准备了路上所需要的物品，我为它做了路上吃的，一切就绪，我们准备出发。

正当我们拉着行李箱，提着大包、小包向小区停车场出发时，邻居唐女士带着它家两只小狗从路的侧面走来，丢丢见到唐女士和那两只狗狗，立刻冲了过去，围着唐女士又蹦又跳，很是激动！此时的"丢丢"把我们完全丢在了一旁，妻子喊了它两声，它只是回头看看，没有过来的意思。

眼前的情景把妻子搞晕了，有点儿不知所措。

"你们这是要回去吗？"唐女士可能看出来我们的尴尬，于是抢先问道。

"是的。"妻子答道，"也不知道这是谁家的狗，没人管了，我们准备先把它带回去，过了年再带回来，不然冬天太冷了，没有人照顾可不行，把它丢在这太可怜了。"妻子指着丢丢继续说，"看它跟你那么亲热，你们应该很熟吧？"妻子接着问。

"是的，它经常来我家吃饭，最近没见着，原来在你们家呢！"唐女士答道，"它应该是东边工地上的建筑工人养的狗，没有固定的窝，到处跑。"唐女士接着说道。

"那它有名字吗？"妻子问道。

"有的，大家都叫它'小米'！"唐女士答道。

妻子看着"小米"在唐女士的身上扑来扑去，和唐女士如此亲热的样子，全然没有了跟我们走的意思，一时间不知如何是好。唐看出了我们为难的表情，于是开口解围道："要不然你们就别带它走了，让它跟着我吧，我会好好照顾它的。"说着她就蹲在地上用双手将"小米"前腿托起，同时叫着"小米"的名字，将它揽在了怀里。

听唐女士这样说，我们很爽快地答应了下来，妻子将刚刚为小米准备带到路上吃的"鸡蛋炒窝头"留给了唐女士，彼此寒暄后，我们开车离去。

五个月，后我们回来了。

长时间不住，回来后屋里屋外自然要收拾打扫一番，妻子收拾屋子，我去做饭。

一个小时后，饭做好了，我却找不到人了。原来妻子心里惦记"小米"，家还没有收拾妥当，就忍不住到唐女士家去看"小米"了，可见她对这个"超常"小家伙有多想念！

没过一会儿她自己回来了，没有见她领着小米回来，这不正常。我略感奇怪地问道："这么快！见到'小米'了？"妻子不无伤感地答道："没有，小米丢了，邻居唐女士很难过，听说是被施工队的人领走了。"看到妻子伤心的样子，我也不好再追问下去。劝她先吃饭，她摇了摇头，我也不好再说什么。

第二天上午，唐女士来到我们家找妻子聊天，我关心小米的事，在不远处"偷听"。她们所有的话题都围绕着"小米"，她讲述了我们走后发生的点点滴滴：从我们分手的那一刻起，"小米"就成为她们家的一员，她要照顾好它，这是对我们的承诺。夜里"小米"守着她睡觉，白天和她家的两只狗狗一起吃饭、玩耍、遛弯，日子平静地过着。有一件事一直持续了很长时间：我们离开后，"小米"每天早上和晚间都要到我们家门前来卧着，一待就是很长时间。冬天很冷，她很心疼，有时就强行将它抱回去，可第二天它又来了，这让她心里很是难受。听到此处，妻子也是感伤不已。

我也被她的讲述感动了。

沉默片刻，唐女士接着往下回忆："一段时间后，它变了，变得厉害了，对家人（包括那两个小家伙）还是一如既往地温顺、听话、可爱，对外人就不一样了，有人从我家经过，它就会对人家吼叫，以此显示这是它的'家'，更奇特的是谁都不能碰我，熟人离我近点它都不干，冲人家发火，它可能认为我是属于它自己的，这让我既感动，又有点儿难堪，不过这也让我更加喜欢它，把它当作家里人。"

"你们知道它自由惯了，"她接着说，"随着天气的转暖，它又活跃起来，经常自己出去玩，晚上回来，我也习惯了，不想过分地约束它，就是这样。"

说到这里她停住了，看得出来她很伤心。

"真后悔没有让你们把它带走！"她的声音有些哽咽。妻子赶紧劝她："快别这样说，都是为它好，也许它高兴跟着主人回家了呢，只要它过得好，我们就放心了。"

此时，两个善良女人的情感汇集在对失去"小米"的思念上，彼此倾诉着，安慰着……

从那时起，唐女士将自己对外的所有昵称都改成了"唐小米"，以此来寄

超常"小米"

托对小米的情义与思念。其实，在她心目中早已不把"小米"当作一只宠物，而是亲人、朋友和知己！

也是从那时起，人们都亲切地称呼她"小米"！

我们心目中那个懂事的、活泼可爱的超常"小米"走了，不知它现在过得好不好，也不知今生是否能再见，它留在这里的是永久的记忆，和为我们两家筑起的友谊！

第三章　如意回家

2023 年 4 月 27 日，受伤的小猫咪住院的第二天。

我和妻子一早就到了芽芽宠物诊所，妻子给它准备好了铺的盖的，带了猫粮、猫条、猫罐头，看到它怯生生地躺在笼子里，身体蜷曲成一团，很是可怜！妻子过去先是给它喂食，它好像是认出了妻子，抬起头像是乞求似的冲妻子叫着。妻子哄了哄它、摸了摸它的头，它稍微平静了些，开始吃东西。它一边吃，妻子一边梳理它的身体。

待它吃好了，我们帮着刘、张两位大夫给它换药，由于从小就流浪，又受到这么严重的伤害，所以它胆子特别小，害怕陌生人，这里只有妻子是它熟悉的人。它身体虽然弱小，但挣脱起来力气很大，按住它至少要两个人。它身上套着网状的衣服，以固定住伤口处的纱布，每次换药需要先将网子脱下，然后再将纱布打开，清洗伤口，换上新药，再用新纱布裹好，穿上纱网。这个过程一般需要二十分钟左右，其间一是伤口疼痛，二是惊恐，小家伙除了玩命挣脱，还伴着声嘶力竭的呼叫，怎么哄都不行，一直叫个不停，让人心疼。

从这天开始，我和妻子每天上午准时到诊所和两位医生一起给它换药，正好我们每天也可以看看它的病情，听听医嘱。妻子每天都要给它换洗铺盖，给它喂食，给它梳理。张医生说什么时候它嗓子里发出"呼噜呼噜"的声音，就证明它认可我们了，也就是它开始接受我们了。我们每天给它换药时都伸着耳朵仔细听它发出的声音，一天、两天、三天……直到第六天，张医生说她听到了那个声音，我们都听不太清。张医生说："给它起个名字吧，它应该是认可你们了。"妻子说："它每天都到我家来吃东西，我就是看它的肚子上有东西箍着，老是屈着个身子，怪可怜的，还经常被其他猫咪欺负，想救它，等它好了，就放它走。"

"你们是怎么抓住它的？"看到它如此胆怯地反抗，张大夫好奇地问道。

于是，妻子详细介绍起抓捕它的过程："我们先是在网上买了一个捉猫咪的笼子，在笼子里放上食物，食物上面有机关，等它钻进笼子里吃食时会触及上面的机关，笼子的门就会迅速从上面翻转下来，将笼子关闭。那天，我把一切都准备好了，它也按时来了，也钻进笼子里去吃食了，机关也动作了，门也翻转下来了，可把它也惊着了，就是没有抓住它，它急速地跑掉了。"

"怎么回事，是笼子门坏了？"张大夫急切地问道。

"不是笼子的门有问题，"妻子接着说，"是我们买的笼子小了一号，它的身体长度比我们看上去的要长，笼子的门翻转后打在了它的屁股上，受惊后它迅速从笼子里退出来，那还不跑等什么。"

"从那时起，我有几天没有见着它，虽然也担心它，但我相信它一定还会来的，它饿急了，自然就回来了。"

"现在的问题是我如何才能既不伤害它，还能把它抓住。对我来说，这是个难题。我想起了海边很多人捕鱼的网兜，就是一根长长的竹竿，前面挑着一个圆筒网兜的那种，那玩意是软的，不会伤着它，也够大，应该行。"

"我把这个想法告诉了老公，他表示怀疑，但他还是开车带着我去市场上买了一个大号的渔网兜。"

"过了几天，它又来找我了。它和其他猫咪最大的区别在于：它胆子很小，但非常聪明。它担心自己被抓到，又要你给它吃的，所以，每次它来都会躲在离你不远处，选择在你能够看到它的地方冲着你喵喵叫，直到你看到它，把食物放好了，还要离开食物一点儿距离，它才过来吃食。"

"由于上次笼子的事被惊到了，它更加小心谨慎。我只好先喂它几天，等它的警惕性下来了，再采取行动。"

"捉它那天，我做了多次演练，选择了最佳喂食地点和捕捉位置，要保证一次成功，否则，下次它警惕性高了，就更难捉住它了。我怕伤着它，同时也担心它抓伤我，所以还提前准备了一条毯子，用来抱它，就这样终于把它捉住了。"妻子一口气讲完整个经过，我们好像在听"大片"。

听完妻子的叙述，张大夫很是感慨："这就是你们之间的缘分，如果你们不救它，它很难熬过这个夏天。"

张医生是一位善良的女性，闲下来时她总是把生病的小猫小狗抱在怀里，带它们到外面晒太阳，不停地抚摸着它们的身躯，像对自己的孩子一样。我们每天都要从家里给小猫咪带吃的，诊所里其他的小伙伴们自然不能光看着，那样它们会伤心的，所以我们要多带一些给这里的小伙伴们分享。几天下来，这里的小猫小狗们就和我们熟了，它们每天都盼着我们的到来。其中一只叫板凳的小黄狗，听到我们的声音就跑出来迎接我们，围着我们转来转去，上蹿下跳，哼哼唧唧地叫着要吃的。我们早被这里的氛围感染了，每天给它们喂食成了我们的乐趣和慰藉。

几天下来，小东西不再那么胆怯了，妻子细心周到的照顾感染了它，它开始小心翼翼地靠近妻子，接受妻子对它的关爱和抚摸。后来它主动靠近妻子，做亲昵动作，还不停地和妻子说话，终于有一天我们都听到了它的"呼噜"声，好亲切！

小东西感情上的亲近触碰到了妻子脆弱和善良的内心，她的思想在慢慢发生着变化，女人所特有的母爱支配着她的情感，使她在不自觉中改变着原来的决定。就在张医生要我们给它起名字的第二天，妻子一边给它喂食，一边抚摸着它的头，自言自语地说道："就叫你如意吧，家里有个哥哥叫吉祥，这样我们家就吉祥如意了。"

小东西有名字了。

包括两位医生在内，我们都低估了小如意的伤情。刚来时刘医生判断这伤口最少也要二十天才能痊愈，但事态的发展完全出乎所有人的预判。由于伤口在肚子中间靠后位置，这里本身是软组织，被铁丝箍着时，肚子里的内脏被挤压到两侧，现在打开了，肚子里的内脏就要归回原位，将瘪进去的部位顶了出来，这就造成了伤口变宽，从里面长出来的是新肉，新肉的表面没有皮，肉组织是不可能自己生皮的，要靠周围的皮往中间长，从而将伤口覆盖，这是个漫长的过程。而当时给我们的感觉是：伤口一天一天变宽，渗出液掺杂着少量的血液流出，时多时少。十几天过去了，没有明显改变，两位医生也是首次遇到这种情况，除了换药，想不出更好的办法。

这种情况下，小如意更是遭罪，每天半躺半撅蜷缩在窝里，妻子每天都要把窝整理得干干净净，这也不能从根本上改变现状。我们每天只来一次，最多待上一两个小时，对它的照顾非常有限。

比较乐观的情况是小如意本身，首先是它的性格温顺而坚强，情绪很快地稳定了下来，除了换药时叫几声，平时很安静，默默地躺在窝里等着我们的到来。它开始依恋我们了，每天见到我们就说个不停，表达着它的喜悦和思念，不时舔着我们的手，用脸在我们的手上蹭来蹭去，很是让人怜惜；它很能吃，大量进食增强了它承受疼痛的能力，同时也促进了它的成长和发育。它还是只小猫咪，这点很重要。今天看来，如果这两个优势缺少其中任何一个，一切可能早就结束了。

2023 年 5 月 13 日，星期六。

住院第十八天，小如意的伤口基本稳定了，该往外扩宽的都已经到位了，此时伤口最宽处大约有一厘米的样子，中间部位最窄，有七八毫米吧，伤口边缘已经长出肉眼可见的皮质，痊愈应该只是时间的问题了，不过刘医生也说了，完全愈合至少还需要四十天。还需要四十多天？这时间也太长了，完全超出了我们的想象。回家的路上我和妻子开始研究接下来该怎么办。妻子觉得这样下去不是办法，每天来一趟就为给小如意换个药不值，抛开其他的不说，重要的是小如意得不到更好的照顾，不光是心疼，也不利于它伤口的恢复。我们商量的结果是：1.准备换药用的所有材料：纱布、医用氯化钠注射液、酒精、医用棉签等，还要买最好的猫外伤药；2.联系唐小米，每天要她来帮着换药；3.寻找适合如意养伤的猫舍。这一切在5月15日全部落实。5月16日下午4时我们开车到了芽芽宠物诊所，我们给如意的小伙伴们分享了最后一次美食，两位医生给小如意换完最后一次药，我们拿着小如意的用品，和两位好心的医生告别，感谢他们二十一天对小如意的精心照顾。和这里的小可爱们告别，我们还会来看你们的！和"芽芽"告别，小如意跟我们回家了！

小如意在这里度过了二十一个日日夜夜，我们经历了二十一天的来来去去，在芽芽宠物诊所里留下了些许不舍！张医生说我们"闪"了他们一下，这里的小东西们从明天开始就等不到我们了，会失望的。

刘大夫送给了我们诊所里最好的药粉和一些换药用品，叮嘱我们有需要随时过来。在这里我们看到和听到了很多善良的人和小动物们之间的故事，感受到了人世间所特有的真情与温暖，特别是从刘医生夫妇身上了解到宠物医生的辛苦与善良，他们是这些弱小生命的"白衣天使"，在这个冷落的角落里付出着真诚的"爱"！

"老公你说，真爱是什么？"在回家的路上妻子突然问我，离开芽芽诊所的场景使她的内心有些伤感。

"真爱应该是纯真无私的奉献，真爱的唯一回报是付出后的欣慰和满足。"
我说道。

"人世间有真爱吗？"妻子追问道。

我看了看小如意，笑着说："有，在人和它们之间！"

第四章　猫　缘

　　箍在小如意身上的铁丝就如同枷锁，在我们为它取下之前，我们之间没有必然的联系，它和其他流浪猫没有区别，只是到这里来寻食罢了。从我们为它取下枷锁的那一刻起，当它的鲜血滴落在这片土地上时，我们之间的关系彻底地改变了，它的一切都和我们息息相关。妻子不经意间的决定使我们成为它未来命运的掌控者。

　　小如意回家了，它正式成为我们家的成员。我们将对它的未来负责，要治好它的伤，还要照顾好它的生活，让它感到家的温暖。

　　第一个跑到家里来迎接小如意的是尾巴根，可能是它听到了如意的叫声。当它看到我们把小如意关进笼子里时，它急得上蹿下跳、嗷嗷直叫，冲着我发火，用两只前爪不停地往我的身上抓，完全不理睬我的解释。

　　我赶紧拿出小如意的罐头喂它，看到好吃的，它静了下来，开始享受美食。妻子在一旁数落它："你来干吗？还敢欺负如意？看我不打你，吃完了赶紧回家。"

　　小如意看到尾巴根也很兴奋，在笼子里撞来撞去，不停地叫着。吃完罐头尾巴根没有走，它守在笼子旁陪着小如意，两个小伙伴说着我们听不懂的话，一直到很晚。

从这天起，每天早晚给如意换药成了我们和小米的日常工作。日记中记载了小如意伤口的情况：回来的第二天开始，渗出液减少，精神转好；十八号伤口明显愈合，小如意在院子里晒了一天太阳，换药时只是叫喊，没有特别反抗。这种情况一直持续了一个月，在这期间妻子对小如意照顾有加，无微不至。从猫舍的布置，包括舒适的床上用品、猫砂盆和猫抓板的摆放位置，进食碗的高度，上下层的连接（不能碰到它的伤口），玩耍的空间和玩具的选择，到饮食的搭配和猫砂的选择（猫砂很重要，不能有粉尘，否则对它的伤口有影响），这一切她都要亲力亲为。因为如意不能洗澡，所以要经常给它擦身子，清理耳朵。在妻子的精心照料下，小如意的身体和精神都逐渐好起来，胖了许多，同时也在慢慢成长。它性格开朗，非常"健谈"，谁叫它都答应，喜欢玩具，妻子老是控制它过分玩耍，担心弄到伤口。

在家里小如意有一个朋友，就是尾巴根，它几乎每天都要过来，一是和如意聊天，二是蹭点儿好吃的食物。

小如意还有一个哥哥，就是前面提到的吉祥，它是我们收养的第一只猫咪，正是因为它的到来，给我们带来了"猫缘"，才有了今天的小如意。

那是去年（2022 年）9 月 22 日的傍晚，我和妻子带着妮子、小宝去海边遛弯，妻子在白鹭轩上与它们两个玩着捉迷藏，我站在围栏上眺望远方的大海，独自抒发着情怀。

轻微的喵喵声随着海风传来，打断了我的思绪。我顺着声音找去，只见在下方的沙滩上有一只小猫咪，站在一堆废料上昂着头冲着我"喵喵"地叫着。它全身灰色，眼睛又圆又亮，我虽然一点儿都不懂猫咪的品种，但我可以断定这不是一只平常的流浪猫，应该是一只走丢的家猫，心里不免产生怜悯之情。我对妻子喊道："你快过来看看，这里有一只灰色的小猫，它好像不是一只流浪猫，应该是谁家走丢的。"

　　妻子闻声赶来，沿着我指的方向看去，然后说道："嗯，好可怜的小猫咪呀，也不知是谁家的。"

　　怜悯之心让我和妻子都产生了收养它的冲动。由于对猫咪一无所知，又加上现在已经养着两只狗了，当时谁都拿不准该怎么办，所以谁都没有说出来。

　　我没有开口还有一个更重要的原因：如果收养了它，接下来照顾它的事情一定是落在了妻子身上，我最多是个帮手，因此，这件事一定要妻子自愿，我不能主动给妻子找麻烦，即使心里再想，也开不了这个口。

　　我们默默地离开了。

　　回到家里，我始终放不下这件事，小灰猫的身影和叫声一直折磨着我的良心，非常难受。终于忍不下去了，在吃晚饭前还是对妻子开口了：

　　"老婆，有件事我不知该怎么说，因为说了就是给你找麻烦，不说又放不下，决定还是得说，行不行你定。"

　　"什么事？快说。"妻子问道。

　　"今天我们看到的小猫咪太可怜了，我们不管它，它肯定活不过这个冬天，我心里过不去；可要是管它，又要给老婆增加负担，我左右为难，不知该怎么办，还是对老婆说了吧，不说心里太难受了。"我不无怯意地说道。

　　"那就收了吧，遇到我们是缘分，我们应该救它。"妻子答应得非常爽快。

　　当我们回去找它时，它已经不在那里了。

　　"看缘分吧，反正我们每天都来这里，再看到它时，我们就抱它回家。"妻子说道。

　　从此，我们每天遛狗都要到海边去，非常留意地寻找那只可怜的小灰猫，可就是见不到它的身影。

　　一个星期后，9月29日的傍晚，我们和小米一同到海边遛狗散步，那天有风，越靠近海边风力越强。我担心二位女士着凉，建议不再往前走了，想中途返回，她俩却坚持要到白鹭轩避风。我当然得听从她们的意见，于是往白鹭轩走去。

当我们走出小区的大门时，妻子一眼就看到了趴在白鹭轩木桩上的小灰猫，惊喜地叫道："是它，就是它，我们找到它了！"

我们一起围了过去，我有点儿激动地说："这几天你跑到哪去了？我们天天在找你。"

"小宝贝，可找到你了。"妻子边说边伸出手去摸它。

它卧在那一动不动，只是抬起头冲着我们张张嘴，声音微弱且沙哑，看着它像是在呻吟。

不知道几天没有喝水了，它已经发不出声音来了。

深秋的海边已经没有游客来了，白鹭轩的餐厅也歇业了，这里根本没有食物和水。

"是它呀，我遛狗经常看到它，它就在这一片活动，好多次看到它在那边的垃圾桶上卧着，它在这应该有一段时间了。"小米接着说道。

"我们得管它，否则它活不了几天了。"我说道。

"我们怎么把它抱回去，它怕我们吗？"妻子问我。

"我回去开车，你们两个准备吃的东西和水，还要拿件衣服，我们来接它。"我说道。

"它跑了怎么办？"妻子有点儿担心。

"不会的，我看它都没有力气跑了。"小米答道。

我们赶紧往家走，小米回去取食物，她经常喂猫，有猫条和粮食，妻子准备了一件旧衣服，还带了一瓶矿泉水，我去开车。

当我们返回来时它还在原处动都没动。妻子和小米先给它喂食、喂水，它有点儿怯生，但还是吃了猫条，喝了点儿水。

彼此也算熟悉了，妻子有点儿胆小，小米很利落地将它抱上了车。就这样，我们回家了。

妻子给它起了一个好听的名字：吉祥。

有了吉祥，我们才慢慢掌握了养猫的知识，很多知识来源于经验，经历了才明白，这就是遇到如意后，我们懂得照顾它的原因。

小如意天生爱说话，每天天不亮就开始叫个不停，惹得吉祥经常到笼子跟前去训斥它。

日子就这样平淡地过着，小如意伤口愈合缓慢，我们都不是大夫，没有任何专业知识，能做的确实很少。天气转热对它的伤口很不利，这时我们应该让它敞开伤口，不要再用纱布裹着，这样会好许多。可我们延续着最初的做法，使得原本干净光滑富有弹性的伤口上又出现了渗出液，这对我们的打击有点儿大，一时间看不到希望了。我和妻子商量如何是好，也没有商量出一个结果。于是，6月18日那天，我一个人去了离我们家最近的"康乐宠物医院"（不到五千米，比芽芽宠物诊所还近一点儿）。当时医院里很清静，进门后感觉有点儿冷清。一个记不清模样的女孩接待我，问我有什么需要。我说要找大夫，随即出来一个年轻的男孩，问我需要什么帮助。我给他看了如意伤口的照片，简单介绍了一下情况。他随后给我拿了五天的药，是在一个医用针剂里，告诉了我这药的使用方法，特意嘱咐我这药一定要放在冰箱冷藏保存，使用三次一般就可以见效，我付钱后离去。现在回想起当时的心理和做法，其实是犯了求医的大忌——心不诚。从开始来这求医就抱着试试看的心理，到了这里又感觉冷清，还觉得大夫太年轻。可这次"犯忌"的代价实在是太大了！对我们和如意来说实在是"事比天大"！我错过了对小如意仅有的一次救治机会，导致了更大苦难的来临，也为我们和康乐宠物医院的未来埋下了重重的伏笔。

当天我们就给如意换上了新药，第二天换药时伤口没有明显好转，妻子就开始怀疑药有问题。我赶忙解释：大夫说了这药要三次后才见效。妻子对我的解释不以为然。

　　也是，接近两个月的治疗，总是看不到明显好转，搁谁都着急，所以此时包括小米在内，我们每个人的心情都很沉重，脾气也不稳定，尤其是妻子，她付出得最多，自从有了小如意，她放弃了自己的绘画时间，专心照顾它。妻子跟着书画社学绘画已经两年多了，还拿到了"中国艺术科技研究所"的三级绘画证书，这是她的最大爱好。妻子最大的愿望就是赶紧把小如意的伤治好，让生活恢复平静。目前的情况，她焦躁是正常的反应，我很理解，所以，在这个问题上我尽量随着她，不和她争执。当她埋怨新药时，我也没有过多坚持。

　　又过了一天，6月21日下午，妻子对我说："咱们小区的'喵妈'来看如意了，她说她认识一家专门给宠物看病的大夫，是父子，好多人都到他家去，想领着我们去给如意看看，我答应了，要不咱们去试试？"

　　坦率地讲，当时听妻子的口气，好像喵妈介绍的是一个家庭专业医生，专门治疗宠物疑难杂症的"神医"，当时确实让我眼前一亮，有一种遇到救星的感觉，所以很快就答应了，并且和妻子说："关键时刻总是有好人出现，事后我们要好好谢谢她！"

　　"嗯，"妻子哼道，然后低下头对如意说，"你也要记得感谢人家哟。"我接道："会的，我们家如意清楚得很，一定记得喵妈的，对吧，如意！"

　　或许此时的如意已经预感到了灾难的到来，对此它无能为力，而我们却全然不知。

第五章　二次求医

"喵妈"：一位和蔼可亲、美丽善良的女士，白鹭岛上小动物们的福星，我们的近邻，爱心人士的典范！

记得在我很小的时候，有很多的小燕子和小鸟儿（麻雀）在我家房檐下搭窝建巢，我问妈妈它们为什么来咱家？妈妈说："它们呀可聪明啦，它们知道谁家喜欢它们，于是呀就住到谁家，它们知道你喜欢它们，所以就来咱家啦。"我还记得有一只还没有长毛的小麻雀掉在了家门前，我把它捡起来养着，每天给它喂食喂水，慢慢地还真把它养大了。有一天早上，外面的天气特别好，阳光温馨、空气清爽，我带着心爱的鸟儿到院子里玩，想让它看看外面的天空。我家隔壁有一棵好高好大的树，很多只鸟在树上叽叽喳喳地叫个不停，可能是它听到了自己妈妈的声音，突然从我的手上飞走了，飞到高高的树上找妈妈去了。

很快我就分不清树上哪只鸟是它，但我认识它，我的妈妈在它肚子的白羽上涂了红色，只是离得太远我看不清。

我虽然非常伤心，也没有办法，只好远远地望着树上的鸟儿发呆。妈妈劝我说："让它飞吧，你总不能永远把它关在笼子里，它也有自己的妈妈呀。"

太阳刚落山，记不清当时我在屋里干啥呢，就记得突然听到妈妈的喊声："志平快来，你的小鸟回来了！"

事情过去六十三年了，现在回想起当时的情景就像发生在昨天一样，当时妈妈的声音还清晰可闻。我赶紧跑出去，啊，是它，就在我们家的台阶上昂头站着，看到我它好高兴，冲着我又是眨眼、又是叫，不停地闪动着翅膀。

我赶忙蹲下去把它捧在了手上。

我相信所有的动物都是有"灵性"的，小麻雀如此，猫咪更是如此。人们的善心是一种能量，这种能量的聚集，对它们是有感召力的。

这种力量在我们小区尤为明显，小区里的每一只猫咪都能找到供养它的地方和善良的人们。它们来去自由，不缺吃喝和睡觉的猫舍，如果愿意，也可以找一个家安顿下来，陪伴着主人。

"喵妈"家无疑是附近猫咪最安全的去所，也是最幸福的港湾，所以她家的猫咪最多，她家楼上楼下、屋里屋外随处可见猫咪们的用品和巢穴，很多受伤的猫咪接受过喵妈的救治。其中有一只受伤的猫咪就是在她推荐的专家那里救治的，它身上受了外伤，在那里进行了缝合治疗，喵妈将它抱回来养伤，没等拆线它就跑丢了，从此再也没有见到它，提起这事，喵妈心疼不已。

6月22日，星期四。

上午九点，喵妈和她的爱人开车引路，我和妻子带着小如意在后面跟着，时间不长就到了目的地，原来这也是一家"宠物医院"！我心里有些疑惑，与我开始的理解有很大偏差。但已经到这里了，也容不得多想，既然来了，就看看吧。

这是我们在山海关这个地方见过的规模最大的宠物医院，"晨晨宠物医院"的牌匾也很气派。喵妈领着我们走进了医院的大门，接着给我们介绍这里的刘院长。好像喵妈提前已经打过招呼，这位刘院长知道我们要来，他热情地接待着我们。简单的寒暄后，喵妈讲她和老公还有事要办，先行离去。

接下来就是我们为小如意求医的事情了。

医院共有两层，一层大门的正前方是前台，桌上摆放着台式电脑和一些宣传图片，前台里面坐着一位长头发的年轻女士，她看上去慈眉善目。大门的右侧是院长的办公室，也是诊疗室，左侧靠墙是两个宠物笼舍，过了诊疗室往右转首先看到的是左侧通往二楼的楼梯，右侧是一排货架，上面摆放着各种药品、医疗用具和书籍杂物等，货架末端靠窗处有两个单人沙发，正对面像是一个书柜，墙壁四周挂满了锦旗，规格基本相同，只是赞美词上略有差异。

我拎着小如意在诊疗室里等候，刘院长先去处理其他事情，妻子在外边和另一个年纪较长的矮个子男人谈话。约莫过了一刻钟的光景，刘院长和一个高个子年轻人来到诊疗室，妻子紧随在他们后面。

刘院长很年轻，看上去有三十岁出头，外貌很接人气：身材高大健壮，配上得体大气的"晨晨宠物医院"自己的蓝色制服，很有军医风范，加上他的大脸庞、大眼睛、大嘴巴，说话更是大嗓门，满脸堆笑，给人一种胸有成竹和"无所不能"的感觉，展现出一位年轻有为的成功人士的气派！

和他一起进来的高个子是一个很标致的年轻人，能看出是院长的得力助手，在院长面前收敛有度、机敏有序，感觉应该是一名医护，没有人向我们介绍此人，但此人在后面发生的事件中起到了无可替代的作用。

我们简单介绍了一下如意的病情，外伤肉眼可见，无需多言，刘院长就开始给如意清洗伤口：先用盐水消毒，之后用碘伏消毒。他边操作，边给我们讲解，告诉我们碘伏具有拔干效果，能控制黏液渗出，纱布不能裹得太厚，要尽量薄一些，保证伤口透气。最后在伤口上涂了一种白色药膏，用纱布进行了包扎。

他给我们推荐了一种药膏，教我们如何使用，每天都要换药两次，观察伤口变化情况等，最后他说："这个伤最好进行缝合手术，手术好得快，并且皮和皮连在一起，不留疤痕，否则像现在这样，没有一年半载好不了，而且以后这块也没有毛，你们想啊，肉上怎么长毛，只能是伤疤。"

妻子问他："手术治疗需要多长时间，费用多少？"

刘院长做了一个很轻松的手势：把右侧胳膊轻轻抬起，向上举过头顶，然后向侧后方划了一个不规则的椭圆，将手臂悬空垂下。"缝合后七到十天拆线，最多十一天就出院了，费用一千多元，最多两千元。"

我问他："都已经治疗了两个月，这里已经长出了新的组织，这些新长出来的肌肉组织怎么办？"

他说："这些新长出来的必须切掉，然后才能缝合。"

听他这么说，我吓坏了，心想：那样小如意就太遭罪了，万一不成功怎么办？这事太大，得好好想想，弄清楚了再做决定，决不能草率行事。

"手术是不是风险很大？"我急切地问。

"这有什么风险！这样的手术我们做多了，根本算不了什么。"说这话时，他伸开了双臂和双手。

我也是活了多半辈子的人了，刘院长越是肯定，我越是担心，不知怎么了，那一刻我有一种说不出的不安与担心，仿佛有什么不祥的征兆在屋顶环绕，我只想立刻离开。

妻子还在和刘院长探讨着什么，我一句都没听清，等到他们略有停顿，我立刻说道："这事太大了，我们得回去商量商量。"妻子还有话要问，被我拦住。我恳求道："咱们先回去行吗，又不差这一两天，你说呢？"听我这么说，妻子只好把要说的话咽了回去。我用微信支付了230元的治疗费，妻子和刘院长相互留了电话，我们向刘院长表示感谢后，开车往回走。

人们常说"夫妻一体"，对此我的解释是夫妻间心心相印，息息相通。我知道妻子此刻的想法：快点儿把小如意的伤治好，恢复正常生活。我最担心的是"急中出错"，一定要弄清楚事情的本质，此事急不得！

我边开车边梳理着整个事件的头绪，想着可能出现的各种结果。这方面我们都是外行，要先找专业人士了解清楚，有把握再决定。

沉默了片刻，妻子说道："我觉得刘院长说得有道理，我也知道你心疼如意，但长痛不如短痛，手术最多十一天就好了，咱们就可以接它回家过正常日子了，总这样拖下去，什么时候是个头？"

"你就这么相信他？"我反问道，"万一失败了呢？你想过了吗？"

"不会的。"妻子语气肯定，"我刚才同刘院长的父亲聊了半天，他父亲说他儿子特别善良，从小就热爱各种小动物，只要在外面见到小猫、小狗就抱回家，他们还得帮他养着，他们家因为他不知收养了多少有病的、被抛弃的猫、狗，就是这个原因，他才从事这一行的。"

妻子语气有点儿激动，停了一下，接着说道："你知道吗，他爸爸还告诉我，刘院长本人对猫毛过敏，每天都要服治疗这类过敏的药物，为了干这行每年要花很多钱，还遭罪。"

妻子叙述的这一切，且不说只是出自刘院长父亲的口，即使是真的，也只能说明他儿子的品格和爱好，证明不了刘院长的医术水平，更不能以此作为我们做决定的依据，很显然这是两码事，妻子却硬把它弄成一团。人的大脑一旦接受了某个他所需要的信息，这个信息就会在他的内心起支配性作用，控制人的正常思维，从而做出符合传授给他信息人目的的决定，其他人想改变它是很难的，等到他醒悟时一切都已晚，这就是事前"洗脑"的作用。

我深知此时改变妻子的想法是不可能的，争辩只会使她的想法更加坚定，我选择了沉默。

妻子又说了一会儿，当然是想说服我，见我不吱声，也就暂时作罢了。

在这里花时间夸奖妻子，未免使人觉得矫作，其实我只是想尽量还原本相。妻子很贤惠，很勤快，自从小如意来家后，我尽所能地多承担家务，但是，无论我如何努力，在妻子面前都不值一提，她事事追求完美，细致入微，每天从早到晚不停地忙，妻子对于"家"的付出使我既感动，又心疼，所以，平时只要妻子高兴，凡是都随她。可这件事太大了，凭借我六十多年的认知，感觉不可行。

为此，当天下午我给芽芽宠物诊所的张医生打了电话，说明了目前的情况，希望得到他们的指导意见。事出突然，张医生一时也拿不准，告诉我等她和她老公商量一下再给我答复。

在这个领域里我们只认识芽芽宠物诊所的这对夫妻，因此，我只能向他们请教。

还没有等来张医生的答复，我和妻子间的冲突就彻底地爆发了。当天下午给小如意换药时，妻子就同我提及此事，她态度非常坚决，坚持要做手术，我坚决反对，弄得唐小米左右为难。为了缓和气氛，我对如意说："小如意呀，我真的救不了你了，怎么办呢？"我以为这样可以让妻子略微冷静一点儿，让事情有个缓冲，结果没起任何作用，如果再继续争下去，我甚至担心妻子把怨气转嫁到小如意身上，对小如意不利。当时的气氛就是：想要日子继续过下去，就得有一个人让步，这个人肯定是我！

由于第二天家里有客人要来，我们定了后天（6月24日）去给如意做手术。

2023年6月24日上午9点，我们带着小如意去晨晨宠物医院做手术，十五分钟后我们到了医院。

今天医院的医护人员应该是到齐了，除了上次见到的刘院长和他的父亲、前台长发女士和高个子年轻助手以外，又多了一位高个子女孩和一位同样帅气的高个子小伙儿。两个小伙儿到最后我也没有分清谁是谁，他们身材、胖瘦几乎一样，再穿上相同的制服，外人很难辨别。

刘院长亲自接待我们，手术的事宜主要是妻子和他交谈，其间我只问了两个问题：一是将新长出的肌肉去掉，缝合后里面的肉能长到一起吗？两侧的肌肉组织毕竟是被强行缝合到一起的。二是伤口边缘的皮很薄，平时两边是打开的，缝合后能有这么大的张力保证伤口不破裂吗？

刘院长很自信："这个您放心，对你们这是大事，对我们这不是事，这种手术我们做多了，还有比这严重的，都没出任何问题。您担心的这两个问题我们都考虑到了，第一个不是问题，第二个问题，我们有相应的办法将伤口处固定住，确保不会撕裂，最多两三天伤口就长到一起了，这一点我可以向你们保证。"

院长的解释和保证没有消减我的担心，却让我失去了说服妻子的理由。

这时我的手机响了，是芽芽宠物诊所的张医生。我走出医院的大门。

电话里张医生力劝我们不要接受这个手术，他们研究的结果是风险太大，原因和我上面提出的两条基本吻合，张医生讲得更加专业一些，我用最短的语言简单地应允着，因为一切已经不可逆转了。

挂断电话后回到屋里，看到妻子正在和刘院长互加微信，此时的我脑子里仍是一片茫然，小如意还在它的猫咪包里，此时阻止还来得及，但我一声不吭地看着它被带上了二楼（对此今生今世我都无法原谅自己，宝贝对不起！）。

妻子问我："谁的电话？"

"芽芽诊所张大夫的。"我回道。

"说什么了？"妻子追问。

"嘱咐咱们小心，如意的手术有风险。"我确定木已成舟，无论如何都改变不了妻子的决定，因此不想多说。妻子只是看了我一眼，再没有多问。

这里的二楼是手术室，未经许可外人是不可进入的。我们守在一楼等着，为我们的小如意祈祷！

两个小时后，手术完成，小如意被放进提前为它准备好的笼子里，它第二次住进了医院。

因为麻醉，小如意静静地躺在小床上，身上穿着和在芽芽宠物诊所里一样的白色纱网衣，妻子心疼地守着它，轻轻地爱抚它。

按照刘院长的意思，我通过微信支付给医院一千元押金，其余的等康复出院时结清。

医院指派前台长发女士护理小如意，妻子加了她的微信。到中午了，我们开车离去。

晚上妻子收到了刘院长的视频和文字，"挺好的，状态没啥问题，嗯，下午喝了点儿水，然后尿了一大泡，刚才又给了点儿东西吃了，都没啥事儿。"

妻子回复："特别感谢小刘医生！谢谢！我们明天去看小家伙。"

与此同时，长发女士也发来视频：小如意正在进食，它就是嘴壮，这是它的强项。我们给它准备了它爱吃的猫粮、猫条和罐头，还有猫咪营养膏。看着它吃食的样子，我们既心疼，又欣慰，只盼着明天早点儿见到它！

家里的客人是我的同学夫妇，我们用过早餐后一同去看小如意。我们到医院时如意已经换过药了，妻子很想看看伤口的缝合情况。刘院长说："放心吧，一切正常。"妻子对刘院长表示了由衷的感谢！谁能料到这是我们最后一次见到刘院长。为了能亲自查看小如意伤口的缝合情况，我们决定明天早点儿过来。

小如意见到我们好激动，冲着我们不停地叫，高个子医护说它是"话痨"。妻子给小如意换了铺垫，对猫舍做了细致的清理，给如意喂了各种营养素，用湿巾给小如意擦拭头部、眼睛和裸露的躯体，小如意依偎在妻子怀里。

2023年6月26日，星期一，上午8时30分，我们开车到了医院，看着医生给小如意换药，小如意很乖，伤口缝合处有少量液体渗出，医生讲这是正常现象，一般三四天就没有了。妻子收拾干净猫舍，又陪如意一个多小时后离开，告诉如意我们明天再来看它。

2023年6月27日，星期二，唐小米回四川老家看望妈妈。我们早上去看望小如意，感觉伤口不太好，渗出液增多，如意状态还可以，我们也吃不准，只好等等看。

2023 年 6 月 28 日，星期三，上午为客人送行，下午去看小如意，发现它身上到处都是猫屎，已经干在了皮肤上，头上都有。长发女士解释说，是因为衣服和纱布堵住了肛门，结果甩得到处都是。"我已经清理一遍了，笼子我都擦了，只是身上又不能沾水，所以没有弄干净。"我们虽然心疼，也有意见，但毕竟现在是求着人家，事已经出了，不满意又能怎么样？况且责任不在女孩身上，是医生的问题。

妻子用湿巾把如意全身细致地擦拭干净，之后又清理了猫舍，用酒精进行了全面消毒，一直忙到医院快下班了，才想起来问值班医生今天如意的伤口怎么样。值班男医生回答说："刘院长来电话讲如意不用天天换药，隔一天换一次更好。今天没有换药，也就没有检查伤口。"对于这个回答我们不懂，也不解。

照顾如意的长发女士年龄不大，应该在三十岁左右，对我们来说是个孩子，她单纯善良，朴实端庄，每天精心地照顾着小如意。除了喂食喂水，清理粪便，还同它聊天，抚摸它的身体。每天她都定时定点把如意的状态发视频给妻子，见到我们还会给我们讲述如意的细节，她讲她家养了两只猫咪，她很爱它们。她甚至天真地问我："您知道每天我们出门上班它们怎么想吗？"我疑惑地摇摇头。她接着说："它们会认为我们出去是给它们找食物去了，所以它们就在家安心地等着我们带食物回来。"多么纯真的女孩啊！

2023 年 6 月 29 日，星期四。

和往常一样，我们上午十点到达医院，发现小如意没有在笼舍里。女孩告诉我们如意上二楼做手术去了，我们追问做什么手术，为什么不事先通知我们？女孩表情暗淡，非常为难的样子，低头不语。

时间不长，两个男医护将小如意从二楼抱了下来，放进了笼子里。麻药的劲还没有完全消失，小如意有意识，但站不起来，闭着眼睛一声不吭，身体不停地颤动。我的心都快碎了，我看了一眼妻子，她也是心疼的样子。

妻子问怎么回事，做手术为什么不提前通知我们？

他们的回答是：刘院长的指示，我们只是照办。

此时的刘院长就像神一样在操控着一切，这里的医护在执行"神"的指令，我们只闻其声，不见其形。

我既心疼又气愤，同时对妻子的抱怨也涌上心头，理智又告诉我为了如意不能发火，于是说了一句"不负责任"后便愤然离开。

妻子无奈，只好想办法与刘院长进行沟通。11 时 32 分，给院长发去了第一条微信："刘院您好！我家如意情况很糟糕，昨天我们上午有事儿下午去看如意，如意便便弄得小笼子及如意身体上到处都是，可以想见小家伙便便时是何等难受折腾，作为医护应该首先想到这样的大动作应该是会影响到创口，但昨天并没对如意做检查并未换药，导致今天情况恶化，未知会我们刚刚又做了缝合。如意它虽仅是只小猫咪，可我们应尽力让它少遭点儿罪。真是给你们添麻烦啦，抱歉！"

刘院长没有回答。

刘院长电话无人接听。

11 时 43 分，妻子给刘院长发去了今天的第二条微信："另外我们昨天回家分析所见情形，我想那个手术服可能影响到小家伙便便了，能否改改，用圆筒套住便可。否则又会重蹈覆辙。请一定要重视！感谢！"

12 时 03 分，妻子终于接到了刘院长的电话，刘院长电话里讲："你的微信我看到了，今天手术主要是'补针'，这是正常的，与你说的如意拉便便没有太大关系，放心吧，我们一定尽力治好它。"

这样的解释不知道当时妻子相信几成，我半信。

2023 年 6 月 30 日，星期五。

上午不到九点我们就到了医院，看着他们给如意换药，为的就是看看伤口恢复情况，结果不好，伤口没有任何好转的迹象。

2023 年 7 月 1 日，星期六。

小如意的伤口应该在恶化，渗出液增多，伤口缝合处红肿，我们外行都能看出炎症已经很严重了。妻子电话没有联系到刘院长，与两个男医护无法做深入沟通。

2023 年 7 月 2 日，星期日。

上午小如意换药时我们在旁边观察，发现伤口已经大面积肿胀，液体夹带着血水大面积渗出，很显然伤口已经恶化，手术失败，应立即采取补救措施，由于院长不在，无人做主，需等指令。

11 时 40 分，妻子给刘院长发去微信求救："刘院您好！刚刚从你院返回，小如意情况真是不好，中间又崩开了，说下午做缝合手术，这样频繁的缝合何时休呢，小家伙太遭罪了，真是它运气不好，正遇大院长离院学习了，真诚恳请院长能过问关心如意的情况，避免小如意一而再再而三地手术。给出留院医生一个严谨些的方案。它虽说只是普通的小流浪猫咪，但救助的缘分落在我们之间，这或许是天意，无论怎样我想我都应用心待它爱它才是。恳请小刘院长倾力帮助。谢谢！"

没有回复。

11 时 47 分，妻子再次给刘院长发去微信："打扰您的学习很抱歉！请院长方便时给个回复，下午我们尽量安排时间去您院里看看手术情况。"

12 时 23 分，刘院长终于回复了："没事儿，没事儿，我刚才给他（应该是指两个男医护中的一个）打电话问了一下。他说下午没啥事儿，你给他正常缝就行，正常修补一下儿就行，他说前两天修补那个都长挺好的，他这回去这边儿又开了正常的，都是正常现象，因为它这个本身烂的时间长，就没那么好。持续时间长，里边如果不长的话，它就可能就会开，而且它这个毛，我听他们说就是尤其是晚上什么的，嗯，动作比较剧烈，那个线什么的就会松。"这就是这位刘大院长的语文水平，我感觉像是在看没有经过修饰的同步外语译稿，在这里只好请读者朋友们自己悟吧！

咱们接着看刘院长的回复："他这种情况很正常，嗯，就是有时那根线偶尔会松开，会松动，都是正常的现象，一开始我就跟你说过嘛，就现在两边，它是一个贯穿伤嘛，两边儿的拉力比较大，它的伤口太大了，如果伤口小的话，早就好了，它尤其两边那个腿，后腿一活动就是一松一紧，因为它里边儿，它都连着肉一起很大一块儿。肉吨吨的，还有活动量，然后它都会有这种情况，都是正常的，正常修补就行，那后续可能还会有，随时松了随时就给它就感觉严重了就给弄一下就行，要不严重的话，还可以慢慢儿整着，让那个韩东看着弄就行。"

"那个韩东啊，是我老家的老大夫，干的年头长，跟我家这都干了六七年了，就是最早跟着我一批大夫，水平啥的没得说，没问题，相信他。我俩的处理方法基本都是一样的。"

"一般情况我都交给他，我都比较放心的，要换个人我就不放心，没事的。"

刘院长一口气发了这些前言不搭后语的微信，妻子当时没给我看，其实我也不想看："当初不听我的劝阻，现在自己处理好了。"心里对妻子很有怨气，这点妻子当然知道。

当天下午，在他们明知小如意的伤口里面已经腐烂，缝合手术完全失败的情况下，韩东根据刘院长的指令，对小如意做了第三次麻醉缝合手术。他们狠心地将原来缝合的皮肤和腐肉一起缝合在里面，使得伤口进一步扩大，再用纱布包扎起伤口，趁着伤口内的血还没有渗透纱布，找我们结账。

此时已经是晚上 6 点钟，韩东对妻子说："这次缝合没有问题，我们给它做了全面清理，放心吧。"

见妻子半信半疑，韩东略作停顿后说道："刘院长来电话了，要你们将前面的费用先结一下。"

从小如意第二次手术我愤然离去后，我就再也没有和他们直接沟通，都是妻子一个人交涉，我很少进屋，这样能减少心痛。

听到韩东要钱，妻子就问了一句："多少钱？"

韩东回头问那个高个子女士："算出来了吗？多少钱？""可能不到五千吧，到今天四千多一点儿。"高个女士答道。

妻子回道："我们回去商量一下，明天给你们答复。"

妻子上车后跟我说他们要钱的事，我立刻同意了，因为我不能让妻子为难，我们计划好了明天来结账。

2023年7月3日，星期一。

其实昨天下午妻子就见到了小如意的伤口，是妻子逼着他们非要看伤口缝合情况不可，他们担心不给结账，所以让妻子看了伤口，还拍了照。只是妻子不知如何向我交代，没有同我说，见我这么痛快同意付账，更怕付账后无法交代了，所以，妻子整个夜里都在盘算怎么办。早上6时11分给刘院长又发去了求救微信："刘院长早安！昨天傍晚小如意手术缝合完成，不知他们是否有发照片给您。看了很揪心。说伤口内出现腐肉才导致这种情况，我想每天都在打点滴控炎啊，为什么一次次出现这种状况？会否现在天气炎热创口位置特殊，总是折叠状，捂得太厉害了，可否改成一天换两次药？因之前我们自己用药时也发现长时间换药创口溢出过多，捂闷时间长，情况变差，后改用一天两次，创口打开换药时明显好转，恳请院长考量与医护沟通一下做个调整。再则前一次崩裂缝合时，小东医生也提及一天改换两次药的方案。实在是心里担心。很抱歉多有打扰，还请您见谅！"

没有回复。

从上午八点开始，妻子不停地给刘院长拨打电话，都没人接听。我们只好一天上午、下午两次往医院跑，想联系上刘院长，要个解决方案，但都无果而归。男医护的回答很简单："刘院长我们也联系不上，你们要么交钱我们继续给小如意手术，要么就等刘院长回来再说。"妻子问韩东："你们总得有个治疗方案。"韩东回答："现在需要植皮手术，得你们同意才行。"

妻子将这话讲给了我，真的把我惹恼了："如意身上的皮全部都植下来也不够盖上伤口的。"我冲着妻子喊道。

妻子见我发火，不再吭气，晚上六点半我们回到家中。

我们的情绪已经低落到极限，没有心思做饭，我随便弄了点儿剩菜，喝起酒来。妻子在旁小心地问道："老公，咱们怎么办呀？"

"你不是说他如何如何善良吗！他不是从小就热爱小动物、救助小动物吗？既然这样，他能看着小如意不救治吗？咱们就把小如意交给他们了，治好了无论多少钱我们都接受，治不好看他们怎么交代。"

看妻子难过的样子，我也心疼，可有什么办法呢？

"你先按照我的意思给他发信息，看他如何反应我们再做决定，老公不会为难你的，放心吧。"我劝妻子道。

我们和小如意都在煎熬中度过了这一天。

2023 年 7 月 4 日，星期二。

早上六点多钟，妻子刚起床就接到了唐小米从四川老家打来的电话，电话里先是问小如意的情况，妻子含糊其词地说了说情况，不想让她过分担心。接着小米说道："昨天夜里我梦见小如意了，它好可怜的样子，身上到处都是伤口，流着血，我问它怎么了，它说姐夫（指我，小米管我叫姐夫）不要它了，让它自生自灭，我想把它抱起来，可就是够不着它，后来我也哭醒了，我以为你们真的不要它了，所以这么早给你打电话，没事就好。"

上午十点钟我们到达医院，妻子要求检查小如意的伤口，并且拍了照片。

上午 10 时 57 分妻子给刘院长连发三条微信：

"院长您好！今天再次出现问题，我仅见上皮缝合，这怎么能行呢，缝合皮肉不连接怎么可以啊？我一天跑 n 次也是无济于事的，这要靠的是你们救治。"

"我们不再去你院了，如意痊愈了再通知我们吧！"

"很抱歉！如意就先交给你们了！谢谢！"

刘院长没有回复。

11 时 53 分，妻子给刘院长发去了如意伤口的照片，并留言道："十一天的诊治结果！"

没有回复！

中午 12 时 46 分，妻子再次给刘院长发去了长文：

"刘院长，您好！关于如意送到你院治疗 11 天至今的详情，不知您与院里的小东医生沟通治疗方案了没？情况不乐观。打你的电话也不接。遇到问题希望我

院长您好！今天再次出现问题，我仅见上皮缝合，这怎么能行呢，缝合皮肉不连接怎么可以啊？我一天跑 n 次也是无济于事的，这要靠的是你们救治～

我们不再去你院了，如意十全愈了再通知我们吧！🙏🙏🙏

很抱歉！如意就先交给你们了！谢谢！！！🙏🙏🙏

7月4日 上午11:53

7月4日 上午11:57

十一天的诊治结果！

妻子与刘院长微信截屏

们大家不用回避，面对解决！当初之所以选择送如意去你院，也是我们先找您咨询沟通过的，在与您及您的父亲的交流中，感觉您是善良的，带着救助这些小生命之使命而降世的孩子，我们信任您相信您是一位良医，我们咨询得也很详细，第一确认可否缝合治疗。您确认！第二缝合后会否崩裂，您答基本不会，线很结实！第三创口处会否感染，您答进行输液控制不会，只是恢复得慢点儿，再多输几天即可！第四咨询费用，您答一两千吧。做完手术

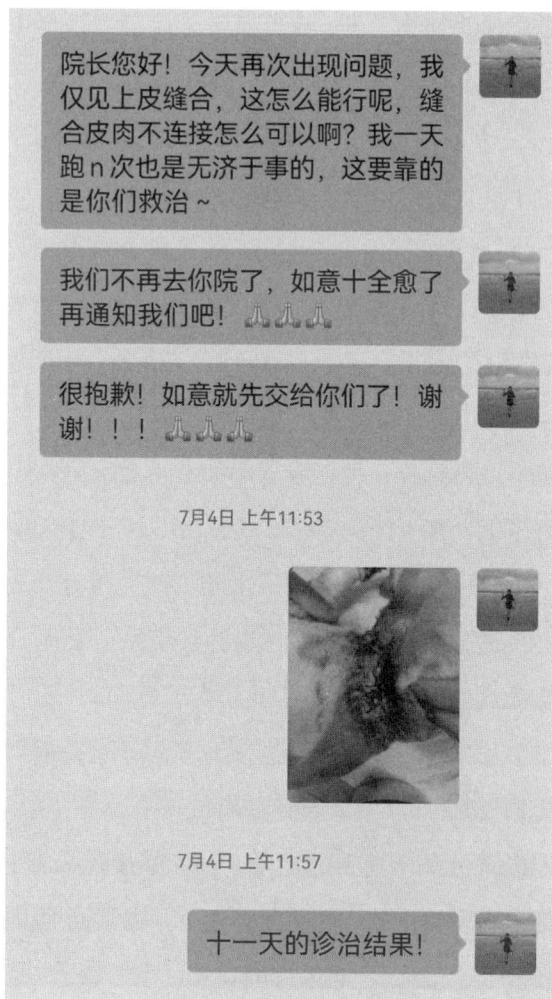

我们即时付费，您说先付一千，其他待出院一起结付。现在费用放在一边，情况已然如此，我仍然相信你们会竭尽全力救治如意，开宠物医院是不会谋财害命的对吧。做任何事情或许有人不知，但是瞒不过天的，我们相识缘于我们同是敬畏上天、敬畏生灵的善良之辈，缘于小小的普通不过的小如意，一个小小的生灵，一个共同救治小生命的愿望。现在的核心问题是如意能否医好痊愈，您是专家，请您回复一下！"

善良的人最后也没有等来"神"的回复！

下午四点我们又到了晨晨宠物医院，想万一刘院长能在呢，这是我们最后的希望！我们最终失望而归！

八天，三次大手术，三次全身麻醉，对于一个只有几个月大的、不到四公斤的小生命而言，这是多大的伤害！如果说前两次他们还是为了治病，那最后一次呢？是地地道道的图财害命！

妻子的痛苦是显而易见的。

其实我内心的痛和苦一点儿都不少，我就是想让妻子看到他们的邪恶本质，现在想想又有什么用呢？可当时就是硬要证明这一点。这一点已经证明无疑了，我该决定怎么办了。

回家的路上我开始安慰妻子："算了，我们不和他们扛下去了，我们给小如意转院吧，救小如意要紧。"

我的安抚立刻让妻子憋了多时的委屈释放了出来，她哭了！

我们决定明天接小如意离开那个地狱般的地方！

2023 年 7 月 5 日，星期三。

午夜 0 时 24 分，妻子给刘院长发去了今天的第一条微信："说实话，我们因您主治而送小如意前往你院，可术后您一走了之，出现状况这些天修复术都是小东医生所做，情况恶化成今日之情形，您认为合理吗？没有医护职责？每每与您反馈却总是轻描淡写。如意虽然只是只小猫咪，可它也是有血有肉有感知会疼痛的。"

0时41分，妻子继续发道："小刘院长，事已至此，您回避是解决不了问题的。要知道这个世界上有天有地有万物，敬畏之心不可缺。'修合无人见，存心有天知'。"

善良的读者此时一定能够感受到深夜发消息人的无助和愤恨！

上午9点我们到达这个充满恐怖的医院。刘院长肯定是不在的，他老子——那个给他儿子做托儿、天天在医院门口宣扬他儿子如何"善良"、如何"热爱"小动物的矮个子躲在屋子里面的角落里，做着对付我们的准备，只是前台女孩的嗓子今天哑了，几乎说不出话来，妻子进屋就和他们结账，总共是4753元整。

小如意躲在笼子的角角里，胆怯地看着外面。

我走到它跟前，眼睛被泪珠蒙住看不太清，我用手机拍下了最后一刻如意的照片，轻轻对它说："别怕！爸来接你了，咱们走！"

这是我第一次对小如意这样称呼自己，从这一刻起，它就是我的"猫

如意在晨晨医院最后时刻的照片

孩"宝宝了！我要救它，拼尽全力！

　　妻子用微信支付了对方谋财害命的钱，我抱起如意，将它装进宠物箱里，准备离去，至此我没有正眼看他们任何人，他们中没有谁是无辜的！妻子没有对他们多说一个字，他们不配！

　　这时韩东向我和小如意走来，嘴里说了一句："再给如意换次药吧！"我相信他的内心是不平静的，负罪感在吞噬着这里每个人的灵魂！

　　"我没有钱再给你们了。"我狠狠地瞪了他一眼。

　　"我们不要钱。"韩东说。

　　"不用你！"说完，我拎起小如意，离开了这个罪恶深重的"人间炼狱"！我的余光里有一个低矮的身影向楼上躲去。

第六章 转 院

接上小如意，我们急速向秦皇岛海港区驶去。

今天早上 7 点钟刚过，我就开始联系秦皇岛市区的动物医院，在网上查到了三四个医院的电话，其中有"全心全意动物医院"的联系电话，可就是联系不上（这给日后留下了很大的遗憾）。我又拨打了几个其他动物医院的电话，可能是时间太早，还没到上班时间，都没有人接电话。直到八点终于联系上了秦皇岛市海港区"祥云宠物医院"的刘院长，我向他大概介绍了小如意的情况后，他同意接受并负责救治。

十点半钟我们到达了祥云宠物医院，没有多说，刘院长和滕医生就开始检查小如意的伤情。这是 10 时 33 分

如意身上腐烂的伤口

我们拍下的小如意伤口的照片，医生正在为它拆下缝在伤口上的谋财害命的线头。

两位医生对伤口做了清创处理，涂上了药膏，然后做身体检查。上午11 时 06 分检查结果：fSAA：122.3mg/l，比正常值小于 8mg/l 高出了 15.28 倍。刘院长说："如果不及时治疗，用不了一天就会发展成为败血症，那就没有办法救了。"

这里已经提前为小如意准备好了猫舍，两位医生给小如意输上液，让它在窝里休息。安排就绪，刘院长跟我们说："放心吧，我会像对待自己的孩子一样照顾好如意的！"

我们向刘院长致谢后，告别了小如意，开车离去。

由于中午有远道的客人到家里来，我们不得不往回返。

吃过午饭后，客人就离开了。

下午 3 时 34 分，妻子给晨晨宠物医院的刘院长发去了我们离开后

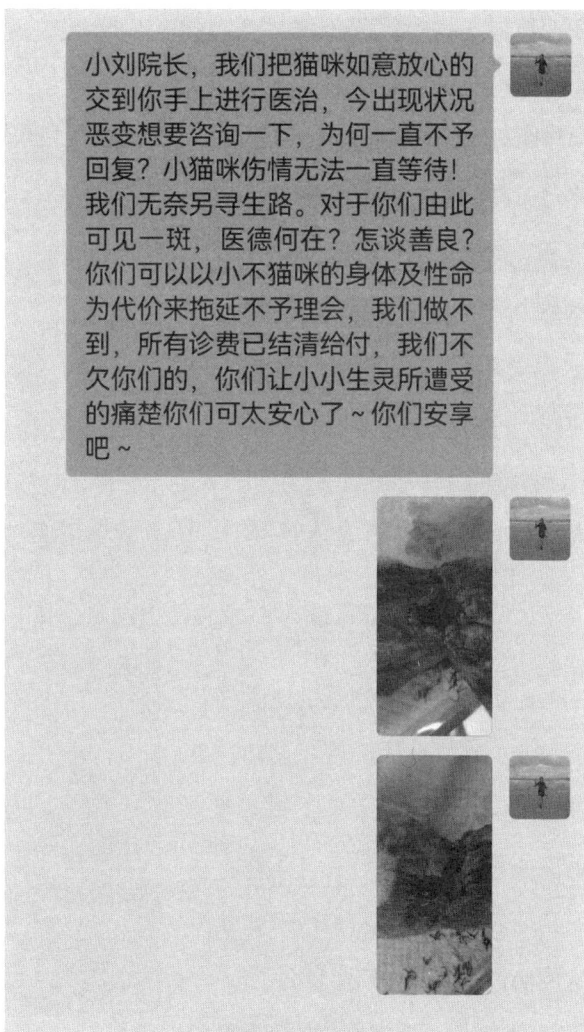

小刘院长，我们把猫咪如意放心的交到你手上进行医治，今出现状况恶变想要咨询一下，为何一直不予回复？小猫咪伤情无法一直等待！我们无奈另寻生路。对于你们由此可见一斑，医德何在？怎谈善良？你们可以以小不猫咪的身体及性命为代价来拖延不予理会，我们做不到，所有诊费已结清给付，我们不欠你们的，你们让小小生灵所遭受的痛楚你们可太安心了～你们安享吧～

妻子的微信截屏

的第一条微信：

"小刘院长，我们把猫咪如意放心地交到你手上进行治疗，今出现状况恶变想要咨询一下，为何一直不予回复？小猫咪伤情无法一直等待！我们无奈另寻生路。对于你们由此可见一斑，医德何在？怎谈善良？你们可以以小猫咪的身体及性命为代价来拖延不予理会，我们做不到，所有诊费已结清给付，我们不欠你们的，你们让小小生灵所遭受的痛楚你们可太安心了，你们安享吧。"

我们稍作休息，下午五点钟就到了祥云，妻子又为小如意带来了需要的一切：新的猫砂盆、猫粮、罐头、猫条、睡觉铺垫等。刘院长给小如意喂了营养膏，妻子将小如意抱在怀里，为它梳理着前前后后、上上下下，这场景让人心酸！直到六点半我们才离开，叮嘱小如意听大夫的话，明天我们再来看它！

我和妻子相互安慰着，此时我们的心都被小如意遭受的巨大痛苦震撼着！在这巨大的苦难面前，金钱已经算不上什么了！我知道妻子此刻心里的内疚、自责与不解：本来是要救它的，却给它带来如此巨大的伤害！天哪——你怎么了！

晚上我一个人喝了三两多白

fSAA报告单

主人姓名：
动物姓名：如意　　体重：
性别：雄　　　　年龄：-
动物类型：猫
批号：V40115105
病历号：
样本号：1
流水号：202307050001
样本类型：全血
检验医生：
检测时间：2023-07-05 11:06:37
电话：0335-7663070

项目	结果
fSAA	122.3 mg/L ↑
	(122.3 μg/mL ↑)

参考范围：
0.0-8.0mg/L (0-8 μg/mL)

fSAA临床参考意义：
<8mg/L：正常
8-40mg/L：偏高或轻度炎症
>40mg/L：明显炎症

实验声明：本结果仅对本份标本负责
打印时间：2023-07-05 11:06:41

祥云 fSAA 报告单

酒，想压住或减轻内心的痛苦，可终究没有压住。

晚上十点，我一个人躲在床上，蒙上被子，痛痛快快地哭了一场：我十六岁离家，离开妈妈，到今天已经五十一年了，也算行走江湖、经历风雨、见过世面，累过、苦过、痛过、委屈过——但没有哭过！

妻子在用自己的方式减轻心里的痛苦，她从 22 时 38 分到 22 时 58 分连续给夜空里那个伤害她和小如意的人发着消息：

"离开你们晨晨小如意的血象化验炎症指数已达 122，接近败血症了！我们若继续听你们忽悠，恐真是会丢了性命！"

"多么严重的后果！！你们如此不负责任，真是黑了心了。修合无人见，存心有天知。"

"终究你们亏欠着小如意太多，小猫咪不会说话，但有上天呢。"

妻子相信他收到了，虽然没有回复。这也是妻子发向夜空的最后一条信息。

验血的结果显示，小如意的血小板指标非常低，只有 7.6，正常值应该是 12.0-45.0，医生说这是手术失血造成的，需要打白蛋白，我们当然同意了。

从这一天开始，祥云医院的两位医生精心地照顾着小如意，住院的第二天（7 月 6 日）早上六点，刘院长就发来了小如意的视频，视频里小如意在大口大口吃食，这确实是它能活下来的主要原因，另一个能让它活着脱离魔爪的是它的性格：它脾气很好，性格温顺，忍耐力超常，求生欲极强！医生说：猫咪对于痛苦的忍耐力是人类的三倍。面对小如意的痛苦，我们的忍耐力也需要增强数倍，小如意的状况每时每刻都牵动着我们的心。六号晚上妻子同刘院长通电话，得知晚上如意没有进食，很是担心，七号一大早我们就赶到了院里，看到刘院长正给小如意喂食，我们才放心。

经过几天的治疗，如意的炎症控制住了，精神也好些了，我们坚持每天去看如意，给它换洗铺盖，整理身体，带好吃的。看着它在妻子身上撒娇的样子，我不禁一阵阵心酸。它和其他猫咪没有区别，还是个几个月大的孩子，就经历了人们难以想象的磨难，如果能把它的伤治好，能和我们快乐地一起生活，不论时间长短，对于我们都将是最大的安慰！真不知道能否等到这一天！

祥云宠物医院离我们有将近十五公里的路程，开车最快也要半个多小时，又赶上夏天旅游旺季，我们隔壁"乐岛游乐园"这个时候更是人多车多，通行十分困难，有时需要二十分钟才能通过，每天去看望一次如意来回需要大半天时间，这些天我们家也是客人不断，里里外外真够我们忙的。

2023年7月11日，经过一周的治疗，小如意的身体有所恢复，医院为它做了第二次检查，结果是炎症基本消退，FSAA值降到了14.4mg/L。虽然天天注射白蛋白，可血小板上升很少，由最初的7.6%上升到8.2%，医生说这和小如意自身的免疫功能有关。其他指标都很正常，我们总算松了一口气。妻子这次决定不再寻求做任何手术了，就好好照顾它，让它的伤慢慢愈合，无论多久，都不要让它再遭罪了！

因为炎症没有完全消退，小如意继续住院治疗。

2023年7月15日，我们忙了一天，直到晚上六点钟才到医院看望小如意。经过和刘院长的交谈，刘院长认为如意的炎症已经消退，不需要输液了，现在每天只需早晚按时换药即可。妻子和我商量决定将小如意接回家，我们自己可以给它换药，在家里我们可以更好地照顾它。

刘院长给我们准备了换药需要的一切，拿了一周的药，还送了如意喜欢的猫咪营养膏，我们对刘院长和祥云宠物医院表达了诚挚的感谢！真诚感谢祥云医院——在我们最困难的时候伸出了援手，让小如意重新获救！

晚上7时30分，我们带着如意回到了家中。

自7月16日开始，我们每天都给小如意换两次药：先用生理盐水清洗伤口，然后对伤口四周进行清理，再用医用液体甲硝唑清洗消毒，最后再用生理盐水清洗干净，晾干后涂上药膏。

对伤口周围边缘的清理是个细而又细的活，既要将毛液混合物弄掉，又不能弄到伤口，这个活只有像妻子这样心细手巧的人方可为之。每次清理至少要半小时，为此，我们还准备了猫咪剪毛推子、剪子、镊子等专业工具。经过这次劫难，小如意变得特别乖巧，换药时自己躺在床上，我护住它的头，同时哄着它，如果不是疼痛难忍，它会配合到底，疼了就冲着我叫几声，我摸摸它的脖子、揉揉它的身子，好好哄哄就过去了。它的这种乖巧，既让我们欣慰，又让我们心碎！

日子又恢复了过去的平静，虽然每天坚持换药，但小如意的伤口没有明显变化。7月22日唐小米从四川老家回来了，她第一时间就跑来看望小如意，见到干妈，小如意兴奋得不得了，不停地说着，扭着身子，歪着脖子。当它翻着肚子撒娇时，小米惊呆了：伤口比她回四川时大了将近一倍，她用手半捂住嘴惊呼着："天哪！这是咋搞的？"

妻子详细地为她讲述着发生的一切，两个善良的女人都无法忍住各自的悲伤，彼此哽咽着说不出话来。

2023年7月26日，在给小如意换药时发现它四肢上输液处有血流出，感觉是感染了。我们立刻给它上了药，心疼是自然的。

第二天我们检查它四肢伤口，感觉不好，还有血液渗出，而且肚子上的伤口渗出液明显增多，我立刻和祥云医院的刘院长联系，他说应该是又有炎症了，因为伤口面积太大，很难控制细菌感染，我决定去祥云医院拿药救治。

7月28日早上九点钟，我到了祥云宠物医院。滕医生接待的我，给我拿了两支药膏和一针国外进口的"长效消炎针"，滕医生说这针可以管二十天，我到家后就给如意打了针，上了药。

第二天上午给小如意换药时感觉昨天的针和药的作用不明显，而且伤口有恶化的趋势，四肢上的伤也有糜烂的迹象。我和妻子商量解决办法，唯一的方案就是再次求医。

　　各种原因使我们放弃了回祥云医院的想法，我们必须为小如意找到一个离家近点的医院，这样不但方便就医，而且如果住院我们也方便照顾它。

　　我和妻子几乎是同时想起了它：康乐宠物医院。

第七章　第四次就医

2023 年 7 月 29 日，星期日。

上午 10 时 30 分，我们带着小如意来到了山海关康乐宠物医院。

康乐宠物医院离我们住的白鹭岛只有五千米的路程，它位于山海关区石河路和石河桥的交会处，是独栋单层楼房，高度有六米，室内面积在四百平方米左右，整体布局紧凑合理，宽敞明亮。四周摆放着不少的猫舍和狗舍，由于收拾得干净整洁，所以没有丝毫不适的感觉，几只被医院收养的小猫咪在这里快乐地生活着！

迎接我们的正是那个细高个年轻小伙，我们刚说明来意他就认出了我，说道："你之前来过，我还给你拿了药，不知效果如何？"

这场面弄得我有一点儿尴尬，不知如何作答，愣了一下回道：

"事情还真有点复杂，如果你们现在不忙，就听我细说吧！"

他既好奇又有点腼腆地微笑着，等着我说。医院里其他几位女士也凑了过来，想听故事。

我从"芽芽宠物诊所"求医，讲到来这里拿药后又如何到山海关"晨晨宠物医院"给小如意做缝合手术，又如何将小如意救出苦海去海港区"祥云宠物医院"求救。最后我说："这里是我们最后的希望了，请救救它！"

他和院里其他医护人员耐心地听我讲完，当他们看到小如意的伤口时，所有人都惊呆了！

高个小伙是这里的陈院长，他看上去三十出头的年龄，端庄的脸上一直含着来自心底的微笑，自信从微笑中流露出来，形成一种热流，温暖着身边的人。给陈院长当助手的是一位中等身材、体态端庄的中年女士，她沉稳和略带忧伤的面容显现出一种女性所特有的善良，年轻时她肯定是一位漂亮的姑娘。陈院长对小如意的伤势做了细致的检查，然后说道："它的伤口面积太大，接近全身的六分之一，这种情况炎症很难控制，我只能说试试，如果一周见好我就继续给它治下去。"我们表示感谢！陈医生亲自给小如意清洗伤口，涂上了医院自己配制的"凝胶"药膏，对四肢上的伤清洗消毒后，涂上了消炎粉。之后又做了血检，结果显示炎症比较严重，打了两针消炎针，嘱咐我们下午一定要来换药，一天至少也要换两次药。

陈医生还给小如意的伤口拍了照片，对我们说："我会把小如意的情况向我们的同行和业内专家请教，看看有什么好的方案没有。过几天我还要参加一个专业学术会议，其间我也会咨询一些专家，尽我的最大努力吧。"

陈医生的话给了我们莫大的安慰，当时我和妻子感动得一时说不出话来，只是连连点头表示感谢！

从这一天开始，我和妻子每天上午和傍晚都要带着小如意来医院打针、换药，一周后小如意的炎症得到了有效控制，四肢上的伤先结了痂，后慢慢脱落，长出了新皮。肚子上的伤口也平滑了许多，渗出液减少，伤口周边开始紧缩。至此，我们都看到了希望，陈院长也有了信心。

太阳发出的光和热哺育着世间万物，这不是因为万物的需要，而是它有光和热非得给你不可。和太阳发光一样，人们心中存储的爱是一种强大的能量，它也一定要释放出来。正是这种能量保护了无数弱小生命！

作为宠物爱好者，你不可能喜欢所有种类的狗；但如果你喜欢了一只猫咪，那你一定喜欢上了世间所有的猫咪。

从 2022 年 9 月 29 日我们把吉祥接回家的那一刻起，就和天下的猫咪结下了"猫缘"。还记得刚把吉祥接回家的时候，我们对饲养猫咪一无所知，临时找了一个大纸箱作为它的猫舍，从外面弄了一箱建筑沙子当猫砂，没有猫粮就给它先喂妮子它们的狗粮，给它煮鸡蛋、烤鱼、烤虾，看它吃得还蛮香的。现在的吉祥，猫条都挑着吃，猫粮更别说了。

吉祥接回来的一周后小米回老家了，等到四十天后小米从老家回来时，吉祥已经是我们家的"小主"了。那天早上小米到家里去看吉祥，它坐在进门处的矮凳上。我大声喊道："吉祥，快点儿过来感谢干妈的搭救之恩！"

听到我的叫声，它不紧不慢地走到小米的跟前，给小米深深地鞠了四个躬！当时我和小米都愣住了，过了几秒钟我们才反应过来：这也太神奇了！可惜的是事前没有任何准备，没能拍下这么珍贵的视频，小米不无遗憾地说："如果我们拍下来，吉祥就成为网红了！"

从此，小米成了吉祥名正言顺的"干妈"。

吉祥是一只纯种英短蓝猫，它活泼可爱，跟我们非常亲近。吉祥的到来无疑给家里增添许多温馨祥和。

有一件事一直困扰着我们：吉祥身体状况都还正常，就是它每天的喝水次数和进水量特别多，每天要排尿十次以上，这显然不正常。经过咨询专家才知道这是"精神摄食症"，是它流浪期间没有水喝造成的精神方面的疾病，没有特别的治疗方法，只能多关心它，让它自己慢慢恢复，时间可能要一两年，或许更长，但症状会慢慢减轻。

我们给它买了最好的、治疗泌尿系统疾病的猫粮，附加多种营养品，选用最好的猫砂等，这是我们唯一能做的。

这件事让我非常自责，因为我的原因让它在海边多流浪了一周，正是这一周的劫难，才给它带来这么大的伤害，我越想越无法原谅自己，只有用更多的爱和关心来减轻内心的愧疚。现在一年多过去了，吉祥的症状略有好转，但离完全康复还有很长的路要走。在这里提醒所有同人：照看好自己的猫咪和爱犬，一旦走丢，它们将是多么无助、可怜！

我们带小如意去康乐的第二天（7月31日），下了一夜的雨，直到凌晨才停。

不知道什么原因，那天妻子起得特别早，天刚蒙蒙亮她就到院子里准备打扫卫生了。

刚走进院子，就听见院门外有"喵喵"的猫咪声，她上前打开院门，看到在门口的台阶上有一只被雨水淋透了的小狸花猫，可怜兮兮地冲着她叫。她立刻取来了猫粮，放在门口早已准备好的食盆里，看着它大口大口地吃起来。

妻子又给它取来了干净水，看它这么小，最多也就四五个月大，虽然淋了雨水，看上去它还是蛮利落的。它和人非常亲近，不像是流浪猫。妻子想：它吃饱喝足后就该回家了。

当妻子回身进院时，它竟然放弃了吃食，在妻子身后玩命往院子里钻，还不停地叫着。进院后开始围着妻子转来转去，不停地往妻子身上蹭。妻子只好俯下身去，边摸它的头边和它说话："宝贝，你吃饱了，该回家了，不然你家主人找不到你，该着急了。你住在哪里呀，我送你回去好吗？"

无论妻子如何劝说，小东西就是不肯走，一步都不离开妻子的身边，还昂着头"喵喵"地叫着，意思很明白：别赶我走，我不走。

我六点半钟从床上起来，打开窗帘，第一眼就看到一只长尾巴狸花猫跟在妻子身后左蹭右转，不停地跑来跑去，妻子还不停地和它说话。我好奇地问："嗨，老婆，哪来的小猫咪，和你这么亲热？"

"不知道它是从哪来的，过去没见过，一大早就在咱家门口喵喵叫，我给它喂了食，它就不走了，赶也赶不走，看它很干净黏人，应该是小区里邻居家的猫咪，没有办法，先留下吧。"妻子回答道。

留下就得有名字呀，妻子说："给它取名叫'喜乐'吧，寓意：祝愿咱家如意的伤快点儿好，全家喜喜乐乐"！

我家又多了一个"小主"。

一天后我们发现小喜乐拉稀很厉害，而且它与其他猫咪走路的姿势不一样：走路时它把头抬得高高的，身体晃来晃去左右摆动，看上去"趾高气扬"，其实身体很软，脚下无力，经常跌倒。

我们带它来到康乐宠物医院，陈院长给它做了肠道细菌化验，判定它体内有猫冠病毒，这是造成它拉稀的主要原因，需要吃药打针，先治疗一周看看情况。至于它身体软弱和走路无力，应该是先天性发育不足，不大好治，目前看不影响它的成长发育，最好等它长大一点儿再说。

回家后妻子为它调整了饮食，小如意的营养膏也成了它的补品，湿粮里添加了益生菌和维生素，还为它购买了辅助胃肠道治疗的配方猫粮。

从这天开始，每天我和妻子各拎着一只猫咪在小区里穿来穿去，邻里们看了觉得奇怪，等问清了真相，引得邻居们说笑不已，邻居们的关心温暖着我们的心。

经过一周的治疗，喜乐拉稀的问题得到了控制，不用继续打针吃药了。关于它体弱的问题，我们需要长期面对，可能是一生的照顾。

一周后，我们带喜乐到康乐宠物医院打了第一针动物疫苗，每隔二十天打一针，后面还要再打两针。

就在打完第一针疫苗的第二天，喜乐的原主人在小区朋友圈里发了消息，寻找他家丢失的小猫。

妻子赶紧将喜乐的照片发了过去，经过确认正是他家的猫咪，已经丢失半个多月了，主人很担心。

第二天，妻子拿着猫粮、零食、玩具和疫苗接种卡等物品，连同喜乐一同送回了它原来的家。

喜乐家离我们不远，中间隔着两排楼房，它的主人家姓王，是我们的老大哥，也是一名奇石收藏和爱好者，过去我们不熟，喜乐成为我们友情的牵线者。

见面后妻子讲述了事情的经过，王大哥很是感动，不断地表示谢意，还要付喜乐的治疗费，妻子说："这是我们和喜乐之间的缘分，和钱没有关系。"拒绝了王大哥的要求。

刚过了一天，喜乐自己又跑了回来，害得妻子第二次把它送了回去。

当它第三次跑回来时，老王大哥也跟来了，还带来了小喜乐所有的食物和用品，拜托我们收养它，因为它好像更喜欢这个家。

我们没有理由不接受它。从此，老王大哥经常带着女儿、女婿和外孙来看望喜乐。每次见到他们，喜乐都非常开心，和他们亲昵，接受他们的爱抚。

小如意每天都需要去打针换药，如今家里又多了一个喜乐，妻子的家务活自然又增加了许多，特别是正处在旅游旺季，家里客人不断，因此，带小如意去医院的事就由我独自承担了下来。

从 8 月上旬开始，我每天按时带着小如意去康乐宠物医院，路上小如意总是看着我说个不停，我不理它是不行的，它会很失望地发出"哼哼"声。除了和它讲话，我还要经常给它讲故事，讲我童年时语文课里的故事："有一天，一只像你一样调皮的小猫咪和妈妈去钓鱼，小猫咪贪玩，一会儿去追蜻蜓，一会儿去抓蝴蝶，结果什么都没有抓到，回来看到妈妈钓上来的鱼，心里就不舒服，于是……""树上落着一只乌鸦，乌鸦的嘴里叼着一大块肉，树的下面来了一只狐狸，它想吃乌鸦嘴里的肉，可是肉在乌鸦嘴里，怎么办呢？狡猾的狐狸就骗乌鸦，说它的歌唱得特别好，它非常爱听它的歌声。乌鸦听了特别高兴，于是忘记了嘴里的肉，唱起歌来，结果，乌鸦一张嘴，肉从树上掉了下去……"

它认真地听着，我相信它能听懂！

日出日落，车去车归。转眼两个月过去了，为了减轻消炎针的副作用，陈院长想尽了各种办法，但还是出现了新的情况：在 9 月 21 日打针时陈院长发现小如意的后背上方破了两大块，这是长期打针造成的，虽然及时给予了治疗，问题是还要继续打针，天天如此，怎么办呢？

陈院长给我们拿了清洗的药，从这天开始，妻子又增加了一项新的工作：每天两次给小如意擦洗按摩后背，一直到今天，从未间断。

小如意的伤口恢复得很慢，靠伤口周围的皮往中间生长太难了，两个月过去了，收效甚微。开始陈院长他们还鼓励我们，要我们不要太担心，这种情况他们也遇到过，等到周围的皮肤开始往中间生长时，很快伤口就变小了。但事情发展到今天这种情况，陈院长他们也没有了最初的信心，和我们一样感觉长期这样下去有问题，要想办法加速伤口愈合。

2023 年 9 月 24 日，医院为小如意换了一种给人用的生长皮肤的喷剂，陈院长曾经做过尝试，效果还可以，但用在这么大面积的伤口上，还是首次。

2023 年 10 月 2 日，新的问题又出现了，小如意鼻子到头部的毛全部脱落，开始妻子发现它的鼻子颜色不对劲，以为是脏东西，用湿巾进行擦拭才发现是皮毛成片地脱落。我们立刻到医院请教陈院长这是何故，陈院长检查后说：这是免疫功能下降造成的，同时发现小如意全身都是真菌、螨虫和皮屑，已是深秋的季节了，小如意全身皮肤上几乎没有长出新毛来，看着让人心酸！

这是个无解的难题：不打消炎针，小如意就会发烧，它现在的免疫力已经很低了；继续打消炎针，免疫力还会继续下降，这种情况下小如意还能坚持多久？伤口的恢复又是遥遥无期！要救它，就必须想办法。

接下来我们在陈院长的指导下，开始了紧急救治行动。

陈院长决定停止人用喷剂的使用，因为十几天了，没有明显效果，主要是这种喷剂消炎作用弱，要打消炎针配合使用，我们首先是要尽量减少消炎针的次数，这就要用消炎药。我和妻子建议用最开始使用过的"百灵金方"粉，陈院长觉得可以试试。

使用"百灵金方"粉确实有一定控制炎症的作用，我们开始每隔一天打一针消炎针，最多隔两天，否则小如意就会发烧。这种方法坚持了一周，伤口明显退化，开始出现红肿现象，渗出液也有所增多，我们只好停止使用，继续使用医院里的凝胶后，伤口又恢复到从前。

小如意的事情惊动了左邻右舍，小米的朋友从北京来岛上度假，听说了小如意的事，很是上心。她是北京知名医院的大夫，她建议我们用给人体治病的药试试，也许能行。她还特意推荐了北京广安门医院生产的"玉红膏"和北京中医院生产的"红纱条"。高研当即给北京的朋友打电话，拜托朋友前去购买。

受到这位朋友的启发，我立刻从网上寻找用于治疗人体创伤的药物。经过认真咨询，我当天就订购了一种"抑菌膏"，是中药祖传秘方，曾经给狗狗用过，效果很好。厂家用"顺丰快递"邮寄，第二天就到了，我和妻子在陈院长的指导下，当即就用在了小如意身上。

这是一种标准的中医药膏，黑黑黏黏的，涂

破了相的小如意(拍摄于 2023 年 10 月 18 日)

在小如意伤口上还不能用纱布包裹，它只要运动就会往下掉，我们又不忍把它关在笼子里，结果弄得到处都是，重要的是只要掉了，露出伤口处就需要马上补上，我和妻子每天不知要给它补多少次，害得小家伙不停地叫。

黑药膏刚开始使用渗出液增多，两天后开始减少，伤口明显往中间收，我们以为有希望了，于是联系厂家一次购买了五瓶。可是到第四天早上，没有听到小如意的叫声，我们的心又紧张起来，因为每天早上小如意的叫声，既是我们起床的铃声，又是小如意平安无事的信号，这又细又长的声音成为我们当下最美的音乐！

我们赶紧带它去医院，经过体温测试，真的又发烧了，说明伤口又发炎了，这次尝试又失败了！失败的原因初步判断是人体用的药膏药劲过大，小如意的伤口面积也过大，两个"过大"使得这个弱小的生命无力承受。

有一件小事很感人，就是我第二次买的五瓶"抑菌膏"是从微信里订购的，现在用不上了，我就联系厂商说明了情况，并表示要将最后这五瓶"抑菌膏"退回，钱就不要退了，因为药膏放在我们这里就浪费了，对方同意了。当我正准备按照地址将药膏寄回厂家时，对方竟先把款给我打回来了，连运费都没有扣除，钱不多，好感动！真希望他们能来秦皇岛旅游，给我感谢他们的机会。

第二天，小米拿来了北京广安门医院生产的"玉红膏"，妻子也买到了"红纱条"，和陈院长商量后，决定试用一下，其结果和试用"抑菌膏"一样，没有成功。

一直以来，康乐宠物医院完全靠各种药物和抗生素维持着小如意的生命，再这样下去后果可想而知，我们必须在它完全失去免疫力之前治好它，这是我们的责任！

可是路在哪呢？

2023 年 10 月 19 日，星期四。

小如意的伤口又恢复到光滑白净的状态，就是感觉不到皮肤的生长，希望渺茫。陈院长经过深思，决定用消炎粉试试，这是一种浅灰色的粉末，有点儿像石灰，拔干效果很好，之前小如意的四肢上的伤口就是用这种药粉治好的。使用这种药粉同样要求伤口敞开，涂抹到伤口上后要随掉随补，不要让伤口外露，直到伤口完全结痂，那时就有希望了。

消炎粉刚涂在伤口上时，渗出液剧增，药粉随着渗出液脱落。为了保证药粉的作用，妻子时时刻刻盯着给它往伤口上补药。每次补药，小如意都疼得叫个不停，可为了救它，心疼也得忍着。

随着药粉起作用，渗出液慢慢减少，妻子没白天没黑夜地盯着往伤口上补药，每天夜里都要起来两三次。妻子不愿意影响我休息，她一个人给如意上药。22 号夜里两点多钟，小如意的叫声将我惊醒：只见妻子一只手拎着如意的上肢，小如意的身体垂直奔拉着，妻子的另一只手在给它伤口上涂药。小如意撕心裂肺地惨叫着，这声音刺破了夜空，在浩瀚的宇宙空间震荡。这是对自己命运的宣泄！

我相信，凤凰"涅槃重生"是生命的壮举，但我更确信被烈火焚烧的凤凰更愿意选择"死亡"！

可我们的小如意从来不知道活着是什么样，因为它从小就在痛苦中成长，我们多想让它好好地活一回啊！

我分析了如意如此疼痛的原因：随着伤口上药粉变干，干裂后的药渣像锥子一样，直接磨刺着伤口表层的嫩肉，这应该比伤口上撒盐还痛。我立刻叫停了这种治疗。

所有的尝试都失败了，接下来该怎么办？

白白让小如意受了这么多痛苦，治疗方法又回到原点，只是经过这一次又一次的折磨，小如意的身体状况越发堪忧，精神也大不如过去，最要命的是每天还要打针，不然就会发烧。看着小如意憔悴的面容和哀伤的眼光，我和妻子除了心疼，还是心疼……

有好心人劝我们放弃，说我们这样做是在小如意身上制造痛苦，除了让它多受罪以外，没有任何意义。

可谁又能体会我和妻子的苦呢？因为我们的无能，已经让宝贝承受了这么多、这么久的痛苦，怎么能够说放弃就放弃呢！我们做不到！

这段时间，吉祥身上也长了很多痘痘，有的都让它自己抓破了，等我们发现时尾巴根上全是了，我们赶紧带它到医院找陈院长，经检查是真菌感染，应该是如意传染给它的，这下妻子又多了一份工作：每天还要给吉祥上药。这几天又赶上小宝（我家巴哥狗）也病了，实在是把妻子忙坏了。这样的日子不能叫作"过"，应该是在"熬"！

2023 年 11 月 2 日，星期四。

妻子终于"熬"不下去了。我们给小如意换药，同时给小宝打针回来，妻子的情绪明显低落，一天闷不作声。晚上早早就上床了，她没有睡觉，而是愣愣地躺着。我知道妻子的心思，她是有话说不出口，只能憋在心里难受。

我躺在妻子身边，轻轻地说道："老婆，我知道你是怎么想的，有时候'放弃'就是一种'解脱'，如意解脱了，咱们都解脱了，但是，不能就这样说解脱就解脱，总得有个过程吧？"

听我这么说，妻子往上挪了挪身子，靠在床头上半信半疑地看着我说："老公，我真的坚持不下去了，这样什么时候是个头呢，它也跟着受罪。可我又舍不得它，怕到时候后悔，可是我们实在看不到希望！"

"这样吧，咱们以一个月为限期，下个月的二号如果还是没有任何希望，我们就送它走，好吧？"

妻子艰难地点点头。

为了安慰妻子，我们谈起了如何处理小如意的后事，我们上网查了做这种专业的公司，妻子研究起其中的细节，还挑选了一款花瓶样子的骨灰盒，她说要放在家里适合的位置，等若干年以后，我们都老了，再把它撒到大海里。此时的我在想：如何能在这最后的三十天里拯救小如意。

妻子的情绪稳定了许多，我们讨论了这一个月如何照顾好如意，不让自己留下太多的遗憾。我提出要带如意到海边看大海，妻子要带它看夕阳……

夜已很深了，我们同时起来去看小如意，它睡着了。

妻子为宝贝清洁身体

第八章　在海滩上

阳光照射下的海面如此炫丽：无数的水波相互叠加碰撞，在海面上泛起千万层鳞片样的波浪，每一个鳞片上都闪动着一个太阳！

淡淡的祥云被宽阔的大海映入海底，与天上的自己纠缠着，如同微观世界里的量子一样。

沙滩被阳光染成金黄色，小如意在沙滩上嬉戏玩耍，它来回奔跑着，只为追上自己的影子；一个小贝壳在它两只前爪的左右打击下四处乱窜，它兴奋地控制着小贝壳的运动方向，待小贝壳不动了，它将头匍匐在沙滩上，双眼紧紧地盯着它的"猎物"，突然跃起。玩累了，它就跑回我和妻子身边，在我们身上蹭来蹭去，躺在沙子上撒娇，不停地叫着，变换着声调，说着高兴的事。

妻子把它抱在怀里，用手抚摸它的同时，和它做亲吻动作，我在一旁静静地看着、微笑着……

在妻子怀里亲昵了片刻，小如意又好像是看到了什么，挣脱了一下，从妻子怀里跳到沙滩上，继续着它的玩耍……

我吹着口琴为这幸福的时光伴奏，这是我唯一能够掌握旋律的乐器，我的几个宝贝都很喜欢音乐，特别是小如意。

天好像一下子变暗了，我突然发现小如意不见了，妻子也不见了。我环顾四周，没有她们的影子，我朝着一个方向跑去，呼喊着妻子和小如意的名字。

天完全黑了下来，我的心被惊恐所占据，从未有过的无助与失落感支配着我，漫无目的地跑着、呼叫着……

我感觉好累，双腿不再听从使唤，我跪在了沙滩上，双手深深地陷到了沙层里。

突然感觉一道亮光在我的前方闪现，我蓦地抬起头，只见妻子在不远处看着我，她的身后金光闪闪，就像电影里演的那样！

我惊喜地爬起来，想走过去，可是腿依旧不听使唤。我只能远远地望着妻子，急切地喊道："你去哪里了？小如意呢，你们在哪？"

妻子没有回答，只见她抬起右手指向上方，我顺着妻子手指的方向望去，看见半空中有一个偌大的花瓶，这正是妻子为小如意挑选的那个花瓶，花瓶的中央一行金字在闪闪发光：

"晚霞里我看见你笑容如意！"

此刻的我分不清哪个才是真实的世界，真实的自己。我被一阵海风轻轻地卷起，向着天空飞去，又突然被狠狠地抛开，重重地摔落在沙滩上。

朦胧中我找不到妻子和小如意，也找不到自己，我在黑夜里抽泣。

第九章　写书求援

人们从来不把梦中发生的事情称为"生活"，认为那是虚幻中的自己。可我经常找不到真实的自己，梦中的我可以穿越时空，回到从前，还可以跨越现在，到达未来。现实里实现不了的愿望，我就回到梦里。这可能就是科幻小说里的"四维"世界、多维时空，也许它真实地存在着，等待着被人类揭示的那一天！

小如意开始倒计时的第一天，2023 年 11 月 3 日，我和妻子一起带它到康乐宠物医院，刚刚走进屋里，就看到小陈院长满脸笑容地报告好消息："我找到了一种新药，名字叫'生命源'，是纯中药，能提高小如意的免疫功能，基本没有副作用，可以打一段试试。"

我和妻子都有一点儿小惊喜：这么巧？这难道是奇迹出现了！我把昨天晚上的决定讲给陈院长听："我爱人真的坚持不下去了，小如意也太遭罪了，所以我们再坚持一个月，不行就只好放弃了。"

陈院长既没有表态，又没有表情。

看到这种情况，我心里没有底，于是把陈院长拉到一边试探性地问道："如果这个生命源还不行，是不是小如意就没有希望了？如果真的那样，到时候我想给小如意好好安葬了，这里有动物火化的地方吗？”

"这个到时候我可以给你们联系，他们到这里来接，你们也可以跟着去看着火化，那样可以保证是它的骨灰。"陈院长轻松地答道。

"几个月的治疗和相处，几乎天天想见，医院就是医院，伤心难过的只有我们自己。"我这样想着，好不伤感！

从这天开始，小如意每天要打四种针：一是消炎针，二是祛除螨虫针，三是"生命源"，发烧时还要打退烧针。

在小如意的问题上希望总是伴随着失望，反反复复太多次了，这次"生命源"的出现亦是如此，所以我要突破目前的状态，另辟新径。新径在哪里？

因为找不到新径，我失眠了。

康乐宠物医院是我们救治小如意的第四个医院，在我的认知里"宠物医院"应该都是这个样子，除了"芽芽宠物诊所"规模略小以外，其他三家几乎完全一样。所以，在我的脑海里形成了一个概念：宠物医院不可能和人类的医院一样，有大、中、小，还分一甲、二甲、三甲，走到哪应该都是这个状况。

我们的认知来源于对外面世界狭隘和片面的感触，这就使得这种认知具有相当的局限性，我们的思维被锁定在这个已经形成的、坚固的认知里的时候，所做出的决定往往是致命和不可逆的。

更重要的是，这时候的我们靠自己的思维是冲不出这个认知范畴的，这时的我也被牢牢地锁在了里面。

我们时常把一切错误的结果都归结于"命"，这是不对的，应该是我们的"嗔痴"和愚蠢，不要全怪"命"！

夜已经很深了，我还在黑暗里睁着大大的眼睛，屋顶成了我眼前的夜空，我在夜空里寻找着心里的那一线光明。

"写书。"这个念头使我兴奋不已！

"对，是写书，将小如意的遭遇写一部纪实小说，寄给全国各地宠物医院，在全国寻找'华佗'，感动有能力救治小如意的科研机构，也许还能感动外国专家！我的想象空间在无限扩展，这是小如意的最后希望！"

思路越来越清晰，我要和时间赛跑，要在小如意的身体完全垮掉之前完成这一切，我再一次相信会有奇迹！

我轻轻地下床，轻轻地走到小如意的跟前，示意它不要出声，它很懂事，看着我把它抱在怀里，没有吱声。

现在要做的第一件事是给书起个名字，我在床上辗转反侧地冥想着，不知什么时候睡着了。

凌晨时分，我在半睡半醒的蒙眬中眼前出现了四个大字："天使如意！"

"原来我们的宝贝是天使，它经历这么多的苦难一定是有使命的，我和妻子应该就是使命的承担者，这应该也是我们的使命。"我这样想着。

这部书有了名字，我也有了使命感。我激动地叫醒了妻子，我的想法讲给她听。

现在是 11 月 4 号了，早上带小如意打针换药，中午回来。午休后我就开始准备"天使如意"的写作。由于家里的电脑不经常使用，所以关键时刻掉链子，无法打开了。着急也没有用，只好联系电脑经销商，是修是换得赶紧解决。

第二天妻子联系好了一家秦皇岛市里的经销商，要我们明天把旧电脑拿去，作价后给我们换台新的。没等到第二天的到来，当天晚上我们去小米家吃饭说及此事，高研（小米的老公）立刻说他有一台刚闲置下来的电脑，要我拿回来使用，这真是救急，即刻应允。

2023 年 11 月 6 日，星期一。

从这天起，我开始了这部书的写作。

　　我有每天写日记的习惯，这帮了我的大忙，我只需将日记中记载的事归纳出来就可以了，算不上什么"创作"，所以写起来比较顺手，同时也得到了妻子的鼎力相助！

　　继续说说小如意的伤吧，这也是大家最关注的，是这部书的焦点。

　　自 11 月 3 日给小如意注射"生命源"起，陈院长决定减少消炎针的注射，先是隔一天打一针，"生命源"要坚持天天打，看看效果。"生命源"就像它的名字一样，又一次给我们带来了希望，短短一周下来，小如意的伤口明显见好，周围的皮肤开始往中间生长，伤口本身也有了弹性，妻子喜出望外，表示要取消小如意的"倒计时"！但我心里明白，这个生长速度解决不了根本问题，还要靠老天帮忙！

　　对于写书找"华佗"救小如意的计划，其实我心里也没有任何把握，这是被逼无奈的选择。我每天照常开车带小如意去医院，我们沿着石河路一直向北前行，正前方就是著名的"角山长城"，远远望去像一尊尊侧躺着的"卧佛"，在山顶上悠闲地睡着。我想唤醒他们，求他们睁开眼睛，哪怕是一小会儿，看一眼我身边这个苦难的"天使"，"它"也是你们的孩子呀，救救它！

　　今天是 2023 年 11 月 29 日，星期三。在"生命源"的作用下，小如意的消炎针确实减少了许多，皮肤也有很大程度的改善，伤口在慢慢地愈合。按照目前的情况，没有一年时间伤口是不可能完全愈合的。由于长期连续注射，小如意的背部在不停地痉挛，陈院长说痉挛是疼痛造成的，小如意从小就活在痛苦里，疼痛对它来说是常态，如果不是剧痛，它连声都不会吱的。世界对这个小生命多么残酷，真不知道它还能坚持多久。

　　到今天为止，小如意已经和我们共同度过了二百一十七天，这在生命的长河里是何等短暂，但对于小如意和我们却是那么不平凡。小如意的故事永远也讲不完：它是那么聪明、懂事、坚强，面对如此病痛和伤害从不抱怨！它经历着人类都难以承受的苦难，依然顽强地活着，这是它对我们的不舍和眷恋！它很想和其他的猫咪一样讨我们的喜欢：无论在哪里，它一刻都不离开我们，它在地上翻肚皮撒娇，完全忘记了伤痛；它喜欢看《动物世界》，经常到电视机背面去寻找画面里消失的场景；它和吉祥嬉戏打闹，打不赢就搞"偷袭"；它喜欢睡在妻子身边，无论睡觉的地方有多挤。

是小如意为我们和康乐宠物医院结下了善缘，在这里我们看到了人性中最真诚的一面，这里保留了人们最淳朴的爱，像母亲一样呵护着一个个弱小的生命！这里的"爱"是干净的，付出是无私的，每个人都在用自己的所能所有换回"它们"的幸福，在"爱"的付出中收获满足和欣慰，和"它们"共享快乐！这里收养着无家可归的、生病的和被丢弃的可怜的小家伙们，给予它们有"家"的生活。在这里结识的都是喜欢宠物的爱心人士，他们听我讲小如意的故事，我听他们讲自己"宝贝"的趣事，小如意的故事震撼着来这里的每个人，他们的爱心同时也感动着我。有很多人说是我们救了小如意的命，我回答道："小如意给我们的更多、更多！它的苦难炙烤着我们的灵魂，净化着我们的心！"

这部书今天就要草草收笔，为了尽快营救我们的天使如意。小如意的故事还在继续，我们每天依旧在家和医院之间往返，继续行驶在石河路上。

如意的苦难经历为我们揭示出一个道理：世间没有"偶然"与"意外"，因为人们看到的只是一个个"现场"，那是"果"，没有看到的是事物的"必然"，这是"因"。所以，我们要善待万物，更要善待每一个可怜无助的小动物，它们和我们一样来自同一个宇宙，来自同一个世界。它们需要我们的爱，我们需要自度。

11 月 22 日给如意换药

聚精会神

凝神的目光

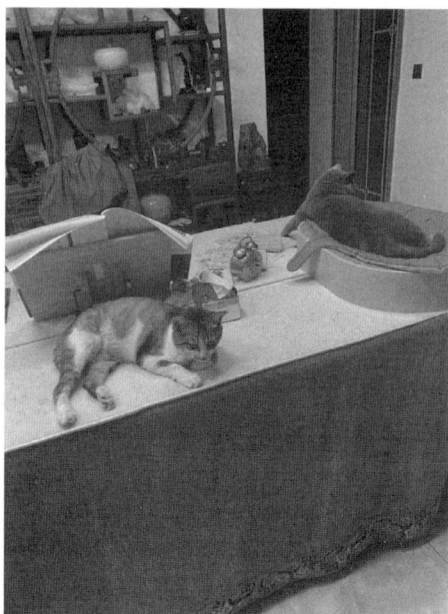

吉祥如意

写在最后的求助信

尊敬的读者:《天使如意》是一部纪实文学作品,其中所有的时间、空间和里面的人和事都是真实的,拯救小如意是这部书的目的,它的生命已经接近倒计时,随时都有可能结束,这是我和妻子最大的"不甘心",它"走了"容易,我们失去"它"难!难在不忍心让它带着苦难离开这个世界。所以,看到这部书的亲人、朋友们,如果您是这方面的医生、专家,看看是否有办法救救它?如果您认识这方面的医生、专家,请您务必推荐给我们,我们在此代表小如意向您致谢!

小如意昨天和今天的故事就到这里,明天还在继续,我也盼望奇迹!

2023 年 11 月 29 日

收笔于山海关

　　早上从家里（白鹭岛）出发时太阳还高高地挂在天上，阳光透过车窗照在妻子和小如意的脸上，她们用微笑回馈着太阳。可此时的北京是如此凄冷，太阳早就不知躲到哪里去了，留下的是灰蒙蒙的苍穹和上下翻卷的寒风，以及为寒风加力助威的雾霾。我和妻子伫立在寒风里，相互注视着，妻子脸上挂满了被冷风吹过的泪痕，我实在找不到可以安抚妻子的词语，我们的心随着起起落落的灰尘飘浮着，比苍穹更凄凉，比雾霾更无助。背包里的小如意，透过纱窗看着我们，静静地卧着，等待着命运的安排。

　　已经是下午四点钟了，我和妻子茫然地站在北京的街道上、高墙下，手里拎着亟待救治的小宝贝。我们身后就是被称为"业界天花板"全国著名的"中国农业大学动物医院"。它离我们这样近，伸头就能够看到里面的专家医生！同时又是那样远，我们永远也走不进去！

　　此刻，我们的心比天气更阴冷、更灰暗。我抬起头，使劲地望着那十个大字——"中国农业大学动物医院"，泪水哽咽了喉咙。我要把它望穿、望透，把我和妻子的希望和绝望全部融化到每个字里面，让这上面的每个字都永远地记住：我们来过、挂过你的号、问过你的诊、求过你的医！

　　这天是 2023 年 12 月 3 日。

第十章　天花板

自从 2023 年 11 月 29 日起，我和妻子还有小米同时将小如意的事情以纪实文学的形式发表在了网上。

上午我和妻子一起去康乐宠物医院给小如意打针换药，同时我们将《天使如意》电子版下载到医院的电脑里，我们的目的是想让医院帮助转发出去，毕竟他们圈子里更多是业内朋友，可能对我们的帮助更大，时间也更快。

我们同时也发给了芽芽宠物诊所的张大夫和祥云宠物医院的刘院长，拜托他们帮助转发。

当天晚上我接到了康乐宠物医院陈院长的电话，他劝说我不要出书，理由是出书还要花很多钱，并且要我相信他们都是希望将小如意的病治好的。

放下电话，我愣了半晌，想不明白陈院长电话里的意思。

《天使如意》在网上传播了短短两天时间，我们就收到很多朋友的回复。其中多数朋友向我们力推北京"中国农业大学动物医院"，都相信那里一定能拯救小如意。妻子立刻上网查询，并联系了这家医院，同时在网上结识了农业大学动物医院的外科医学博士、手术专家李慧医生。经过和李医生的线上沟通，李医生同意接诊。妻子很兴奋，于 12 月 1 日那天挂了李医生的专家号，约定的就诊时间是 12 月 3 日下午两点。

从这一刻起，我们感觉找到了"华佗"！

小如意有救了！

消息迅速地在关心小如意的亲人和朋友间传播，信息里充满了祝福和希望！

最关心此事的当然还是小米，她将承担起我们去北京后的一切事宜：照顾吉祥和喜乐，还有家里的花花草草。

我们只有一天准备的时间，小如意一定是要住院治疗的，需要准备的东西很多，妻子开始忙碌着。"等小如意再回家时就是一只健康快乐的小猫咪了！"每当我们想到这时，心里喜悦都难以言表！中国农业大学动物医院，多么响亮的名字，是我们小如意的福地！

12 月 2 日早上九点，我和妻子依旧带着小如意去康乐宠物医院打针、换药，医院里的工作人员都在，当大家听说明天我们就要出发，去北京中国农业大学动物医院给小如意治疗时，陈院长什么都没有说，只是表情略显意外，倒是院长夫人韩女士很是惊讶，问我们是如何联系上这家医院的。韩女士听我们说完后非常激动，她快步向我们走来，大声说道："这是咱们国家最好的动物医院，是我们业界的天花板！全国各地有名的动物医院的院长几乎都是从那里出来的。"

听了韩女士的话我好惊讶：原来他们不但知道这家医院，还非常了解这家医院，那为什么从未对我们提起？我们来的那天陈院长就表示过：要联系更好的医院，帮助我们救治小如意。到现在几个月过去了，小如意都快不行了……

"那里治疗的费用很贵。"院长夫人的话把我从沉思中惊醒，"你们得有思想准备。"

见我没有吭声，她又提醒了一次。

"我们有这方面的准备，钱我们已经计划好了。"在她第二次提醒时，我回答道。

换药很快完成了。陈院长交代了去北京治疗的注意事项，我们表示随时会和他保持联系，听取他的意见。随后，大家和小如意告别，给了小如意真诚的祝福！我们感谢康乐医院四个多月对小如意的救治，感谢大家对小如意的关心照顾，希望小如意早日康复回来和大家相见！

回家的路上妻子问了我同一个问题："老公，你说他们早就清楚国内哪家动物医院最好，哪里能救治小如意，可为什么不告诉我们呢？四个多月，一百二十五天啊！"

是啊，一百二十五天！如果当时我们就去了北京——唉，哪有如果呀！

"也许是'行规'吧？或许是担心费用太高，我们负担不起，总之应该是善意的，我们多把人往好处想吧。"我说道。

12月3日早上9时30分，我们带着小如意准时踏上了去往北京的路。虽然是冬天了，我们一点儿寒意都没有，天上一个大大的太阳照耀着我们行进的旅途。我们每个人的心里也有一个"太阳"，它的名字叫"希望"！

在省道上行进了大约十千米，我们的车就上了"京秦高速"，这条高速刚刚全线贯通，所以非常清静。车上保留着一盘早已经过时的音乐光盘，它却是我和小如意的最爱。这是一盘"世界名曲"，上面的第一首音乐就是《爱的祝福》！我和妻子都很喜爱这张光盘，这也是几个月来我和小如意天天必听的光盘。我打开音响，优美的乐曲在车内环绕，妻子陪小如意坐在车的后排座上，小如意一边听着音乐，一边和妈妈聊着天。妻子轻轻地抚摸着小如意的身体，不停地描绘着美好的未来。告诉小如意，爸爸、妈妈是多么爱它，北京是什么样子，我们将去最好的医院给小如意看病，鼓励小如意要坚强，叮嘱小如意要听大夫的话……爱抚一路！

下午1时40分我们准时到达了北京的中国农业大学动物医院，这无疑是我们见到的最大、最气派的动物医院，比我们想象中的还要高级许多。我们拎着小如意边往里走，边告诉它我们到了，就要见到我们小如意的救星了，妻子兴奋地和小如意交流着。

走进医院的第一感觉就彻底改变了我们对于动物医院的认知：这里像我们人类看病的医院一样，有各个不同病症的科室，而且分得很细。我们之前去过的那些医院都是一个院长包治百病，外加二三个服务生。认知的提升使我们信心倍增，更加坚信我们的宝贝有救了！

今天来医院就诊的大小宠物很多，大多数宠物都有两名以上主人陪护，因此医院里人更多。

医院的前台非常忙。妻子排队取了就诊号，我们在靠墙的地方等着，妻子借此机会给小如意喂水。

不多时就叫到我们，妻子上前出示了在网上挂号的证明，前台立刻引领我们到了李博士的就诊室。

李博士非常年轻，一身"学者"风范，语言精准，神色清爽，自信中透着不可辩性。妻子先提到了网上与她交流的情况，她好像印象不深，于是直接进入问诊程序，妻子简单介绍了小如意的病情和救治经过，我在一旁做着补充。

听完我们的叙述，李博士要我们将小如意放到病床上，检查伤口情况。

看过伤口之后，妻子问李博士："为什么这么长时间伤口都不愈合？"

"这个伤口如果不进行手术，永远都不会愈合。因为它本身的机体已经认为伤口外面的这层保护膜就是肌肤了，所以无论多久都不可能长出皮肤来。又因为伤口面积太大，反复感染，也形成不了伤疤。"李博士一语唤醒梦中人，道出了困惑我们这么久的"天机"，真后悔我们来得太迟、明白得太晚了。

"这么长时间为什么才来？现在它的情况非常严重，再拖几周恐怕就不行了。"李博士责问道。

"我们不懂!"妻子说道。我不知该如何回答,没有吱声。

"您看这得怎么治?"妻子接着问李博士。

"这得根据它目前的身体状况决定,"李博士接着说:"首先是控制炎症,保证伤口能配合手术,因为伤口面太大,需要同时对伤口四周的皮肤向内拉伸,尽量缩小伤口创面,为以后的手术做准备,其间对伤口进行固定,这是第一个疗程,时间会长一些,根据伤口的恢复情况,再确定接下来的手术方案,条件如果允许,可以考虑植皮。"

虽然我和妻子都是外行,也能听懂李博士的方案,我们被感动了!

"我们找到宝贝的救星了!"我小声对妻子说。

正当我们认为可以继续往下进行时,让我们始料未及的情况发生了,李博士说:"明天我要去参加一个技术研讨会,需要一周时间,今天接不了你们的诊。"

这下我和妻子慌神了,不知怎么办。情急之下,我们只好哀求李博士为我们想办法。

我们简述了事情的经过和我们目前的处境,以及我们对小如意的担心,最后妻子流着泪说道:"李博士,您一定得想办法救救我们的小如意,它还不到一岁!"

李博士听了我们的叙述,知道我们来自三百公里以外的山海关,因为来这里求医,今天早上没给小如意换药打针,它很可能今晚就会发烧。我们清楚它的身体有多么虚弱,如果今天不能住院治疗,我们将无路可走。

无奈之下,李博士给我们推荐了张彬医生,但是她说张医生是他们医院的"小大夫",能不能接收小如意你们只能和他谈。

我们已经顾不上什么"大大夫""小大夫"了,目前只有一个希望,就是能让我们可怜的宝贝住进来,剩下的事情再想办法。我们向李博士致谢后,带着小如意走出了她的诊室,转身向张医生的诊室走去。

张医生不在诊室,前台女孩告诉我们等着,张医生在处理其他事情,很快就会回来。她建议最好重新再挂一个张医生的就诊号，这样会更好些，我们照办了。

时间已经接近下午三点钟了，妻子让我到车上休息一下，一会还要开车回家呢。我到车上躺了二十分钟，虽然感觉很疲倦，但一点儿睡意也没有，索性又回到医院门诊大厅。此时妻子不在大厅，我到张医生诊室门前，透过窗户向里望去，看见妻子正在和张医生交谈，我不想进去打扰。"张医生是男医生，或许能被妻子感动，收下我们的小如意呢！"我当时这样想着，坐在了大厅门口的椅子上。

大概过了半个多小时，妻子从张医生的诊室走出来，手里拎着我们的小如意，径直朝医院大门走去，我看到她满脸泪水。

我站起身快步追到妻子面前，伸手接过小如意的提包，彼此会意地看了一眼，一起向门外走去。

我们走出医院的大门，不约而同地站住了。寒风中我为妻子轻轻地擦着眼泪，低头看看小如意，它懂事地看着我们，不停地努动着嘴。我心疼地摸了摸它的头，说道："宝贝放心，有爸爸、妈妈在，天塌不下来。"

"咱们走吧！"妻子说道。

我们同时回头看了看医院的大门，抬头看了看"中国农业大学动物医院"这十个大字，拎着我们可怜的小如意，转身向停在远处的汽车走去。此时，国内最知名的"天花板"在我们身后坠落！

第十一章　第四次住院

　　离开中国农业大学动物医院，我们驱车向河北省廊坊市的方向驶去，那里也是我们的家。

　　小如意的病情再也耽搁不得，早一天住院治疗就多一点儿希望，这是我们焦急的主要原因。当下还有一个重要原因，就是——我也准备住院了，因为我的心脏出了问题，需要立刻就医检查，有可能需要手术。

　　事情起源于上个月（11月）的十六号，午休起床时突然头晕、恶心，眼睛也不舒服。妻子劝我立刻去医院检查，当时我正在赶着写《天使如意》的上篇，救小如意的事耽误不得，我自信过一会儿就好了，就没有当回事。第二天星期五，早上开车带小如意去打针换药，开车时感觉头昏目眩，特别是从地下车库往上行驶时非常晕，在自己努力的控制下，汽车才得以正常行驶，此时我感觉身体出了问题，需要去看医生。明天是康乐宠物医院陈院长和老板娘大婚的日子，我们受到了邀请，是一定要参加的。因此，我决定后天再去医院就诊。

　　11月19日，我住进了"山海关人民医院"心内科，医院给我做了各种检查，确定头晕是颈椎变形引起的，变形原因可能和我健身过力有关：从年轻时我就喜欢单杠运动，现在年龄大了，高难度的动作做不了，就坚持做最基本的引体向上，每天坚持做四五组，每组做十个，结果还是老了，骨节僵化了，导致颈椎受力过大变形，医生要我减轻运动量，我决定放弃这项运动。

住院期间做了各种体检，意外的是"心脏彩超"出了大问题，彩超结果显示：主动脉瓣中大返流，心包积液（微量）。这把我的主治医生吓坏了，通知我立刻转院治疗，并建议我到国内比较有名的大医院就诊。在我的询问下，大夫告诉我，这种情况大概率需要手术，手术有两种：如果较轻需要做修补手术；如果较重就需要做主动脉瓣更换手术。还叮嘱我千万不要耽搁，有病早治，越快越好。

11月22日上午，我办理了出院手续。

目前两个原因使我不能马上去大医院就医：一是小如意的事，我的书还没有完成，"华佗"还没有找到，要在我就医前落实；二是12月5日是妈妈八十九周岁生日，我是家里的长子，从妈妈六十岁生日开始，每年的生日都是我在家主持操办，如果我住院了，妈妈的生日肯定受影响，这绝对不行，这之前我不能住进医院。我和妻子商量后决定在妈妈的生日之后立刻就医。

妻子为我预约了12月6日北京阜外医院心脏内科的专家门诊号。

现在距离我去就医还有三天时间，我做好了住院的准备，那时我就无力照顾小如意了，但我们必须先把小如意安排好，这是我们的责任！

我们的车跟着导航往北京西三环方向行驶，妻子在不停地拨打着手机，她在寻找新的解决途径。

半个小时后，妻子终于联系上了另外一家知名的动物医院——新瑞鹏动物医疗集团，这也是之前有朋友极力推荐的动物医院。妻子示意我把车停在路边，她和对方进行了数分钟的沟通后，挂断了手机，等待着结果。

很快新瑞鹏宠物医疗集团就给妻子回复了电话，并添加了妻子的微信，将他们旗下北京美联众合转诊中心的电话和地址发到妻子的微信里，要我们直接和这里联系。妻子迅速与转诊中心取得了联系，说明了情况，问对方这种情况他们是否可以接收。在得到对方准确的答复后，我们立刻驱车前往，这是我们今天最后的希望！

下班之前我们赶到了转诊中心。因为有了在农业大学动物医院看病的经历，我们很是小心，担心又别的意外发生。我们拎着小如意走进了接待大厅，这里的规模同样超出我们的想象，与"天花板"不同的是，这里显得更年轻、更有朝气和更现代一些。前台女孩非常热情地接待我们，一边为我们倒开水，一边介绍他们中心的情况，使我们本来紧张的心情放松了许多。

其实在我们心里根本没有其他选择，只要能收留我们就足够了。

负责我们小如意的外科大夫正在接诊，女孩把我们领到就诊休息区，让我们先休息一下。这时我们才想起宝贝已经快一天没有吃喝了，好不心疼！

小宝贝好像知道点儿什么，或许也受到了我们情绪的影响，还或许有些胆怯，它低着头，一声不吭地站在包包里，妻子把包包打开，它也没有出来的意思，妻子将它最爱吃的湿粮送到它的嘴边，它才勉强舔了舔，又将头垂下去。

当时的情况让我和妻子无暇顾及小如意的感受，只想着如何能让这里收留我们的宝贝，早点儿让宝贝住进医院。过后回想起和宝贝分离的时刻，后悔没有好好照顾它，心好痛！

又过了大约一刻钟，外科侯医生来了，她把我们领到诊疗室。她先是看了小如意的伤口，接着非常详细地询问小如意的病情，特别是在哪里治疗过，都用过什么药、打过什么针，等等，还询问了小如意的性格和爱好，以及食欲、喝水和排便情况，细致入微。我和妻子详尽地回答着所有问题，有一些治疗过程上的问题，比如都用过什么抗菌素、打过什么消炎针等，我们确实说不上来，只能接下来和就诊过的几家医院，特别是康乐宠物医院联系。侯医生要我们越快越好，我们当然不能耽搁，答应今天晚上就落实。因为我们没有给小如意打过疫苗，所以需要特护。侯医生又将住院部徐医生找来，和我们商议特护事宜，我们无条件接受。接下来就是给小如意做入院前检查：抽血、验血、拍片、透视、超声波……忙了一个多小时。

在为小如意拍胸片时需要主人亲自进入影像室操作，我想去，妻子不让，她穿上防护衣（防护衣里面是铅板，很重），戴上防护帽，抱着宝贝走进了封闭的影像室，看着小如意和妻子的背影，心里一阵发酸！

体检报告全部出来了，侯医生告诉我们，小如意身体的基本情况还可以，除了血象略高（有炎症）外，各项指标都很正常，可以办理入院手续。我和妻子终于松了口气，给小如意办理了入院手续后，把我们的小宝贝又一次送进了医院。

宝贝前几次住院都离我们很近，我们随时可以去看它、照顾它，这次不同，今天离开医院我们就要回河北廊坊，可能几天见不到宝贝，又是在这个完全陌生的地方，宝贝的孤独是可想而知的。

说起小如意，在它身上隐藏着很多我们永远无从知道的秘密，诸如：它在哪里出生？为什么我们周围只有它一只三花猫？它在哪里受伤的？是如何逃脱的？在遇到我们之前，都经历了哪些劫难？又是如何活过来的？还有很多我们想象不到的奇迹：第一个奇迹就是它是一只三花公猫！女儿看了《天使如意》的上篇后，非常关心小如意的情况，经常与我们视频聊天，与小如意在视频里互动。有一次女儿问我如意是"男猫"还是"女猫"？我告诉她如意是只公猫，女儿非常惊奇地告诉我："三花猫是纯种中国猫，基本上都是女猫，公猫的概率只有四十万分之一。"还说："三花猫在世界各地都很珍贵，非常受人们的喜爱，特别是在日本。如果是三花公猫，那就是猫咪贵族。"

听女儿这么说我也非常好奇，在网上查了一下：三花男猫的概率是万分之三。无论是四十万分之一，还是万分之三，它的出生都是一个奇迹。

今天在北京出现了又一个奇迹：2023 年 12 月 3 日，北京美联众合动物医院有限公司实验室检验结果显示，和如意合并 3 项抗体分别为：1.FPV Ab（猫瘟抗体）结果值 5.7 单位 U；2.FHV lgG（猫疱疹抗体）结果值 4.6 单位 U；3.FCV lgG（猫杯状抗体）结果值 7.3 单位 U。对于这个结果，我们只有一种解释，就是它曾经有家，主人给它打过疫苗。可它曾经的家在哪呢？

它那么小就到处流浪，还被人所害，怎么可能注射过疫苗？这只是个猜测而已。

因为抗体合格，我们的小如意不用被"特护"了，它回到了其他小猫咪的房间，身边有小伙伴，或许不再那么孤单。

办理完入院手续，医院住院部组建"和如意—外伤—美联众"微信群，加上我和妻子共有 23 个成员，好一个庞大的医疗团队，几乎涵盖医护所需要的所有专业科室，我和妻子感到震撼的同时，更多的是安慰和庆幸，我们又燃起了希望！

让我们感到欣慰的另一个重要原因是小如意的主治医生侯女士，她外表干练帅气，温柔中蕴含着刚毅，坚强里洋溢着善良，语言里总是充满了同情和体贴。她深谙患者家属的心情，她用特有的亲和力给你最想得到的安慰！妻子很快和她成了朋友，有她这样的医生救治小如意是我们的福气。

按照侯医生的要求，妻子迅速与小如意曾经就诊过的三家医院进行联系，将结果不断地传送到微信群里。

医院同时给小如意做了伤口的处理和包扎，穿上了医院里蓝色的小衣服，微信群里有了第一张宝贝的照片。

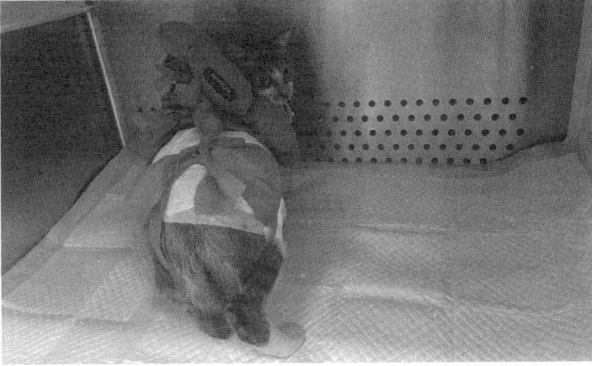

宝贝好无助！

实验室检查结果

项目名称：合并3项			检查日期：2023-12-03 19:24:18	
客户：佘小琴	客户电话：185****5326		病历号：ML23120000092	
名称：和如意	种类：猫		年龄：1岁0月	
性别：公	品种：中华田园猫		体重（kg）：5.2kg	

项目	结果值	单位	参考值	备注	结果
FPV Ab（猫瘟抗体）	5.7	U		5级	
FHV IgG（猫疱疹抗体）	4.6	U		4级	
FCV IgG（猫杯状抗体）	7.3	U		5级	

备注：

无

该结果仅对于本次样本负责　　　　　　　　　　　　　　　　检验人：魏硕

小如意的抗体检查报告

时间已经到了晚上七点，我和妻子告别了侯医生和诸位当晚为我们服务的医护人员，当然也告别了我们的小宝贝，驱车向廊坊驶去。

第十二章　暗　示

到妈妈家已经是晚上八点半了，妈妈为我们准备好了晚饭，吃过晚饭我们就休息了，这一天太不一般了！

转天，12 月 4 日，今天有一件重要的事情要办——取钱。无论是我还是小如意，都需要它。

早上 8 时 19 分，妻子在"和如意—外伤—美联众"微信群里发出了第一封感谢信，感谢全院医护人员对小如意的细心照顾！这是自 2023 年 4 月 26 日至今，第一次和小宝贝实际意义上的分离，前几次住院我们每天都是第一时间去照看它，这次真的去不了了，感觉把它丢掉了似的，心好痛！

9 时 17 分，住院部徐医生发来了小如意的第一个视频：笼子里的宝贝茫然地望着外面，身上裹着蓝色的纱布，脖子上套着我们给它带去的橘黄色脖圈。看着它无助的样子，我和妻子同时掉下了心疼的眼泪。好在有一个坚定的点在支撑着我们的意志：小如意是在国内最好的医院里接受治疗，今天吃苦受罪是为了治病，等宝贝的病好了带宝贝回家过快乐的日子！

能够医好宝贝的病，给我们机会好好照顾它，让它轻松快乐地生活几年、十几年，享受到人间的温暖是我和妻子最大的心愿！

来时匆忙，小如意很多营养品都忘记带，妻子赶忙给转诊中心和如意微信群发信息，询问转诊中心的地址。很快徐医生发来了医院的详细地址和电话，妻子立刻下单在北京的网站上给小如意买了一些营养品和食品，商家承诺今天下午就能送到宝贝的跟前，这给了我们些许安慰。目前我们能为宝贝做的事很少，除此之外，就是为它祈祷！

今天的病情播报显示，如意的体征状况：呼吸 42—40 次 / 分钟，心率 172—179 次 / 分钟，体温 39.2 摄氏度左右，精神状况尚可，无检查计划。治疗计划：消炎，处理伤口换药等治疗和护理。

早餐后我和妻子去银行取钱，将留着养老的备用金全部由定期转为活期。银行工作人员告知我们会损失之前的定期利息，但这些已经不在我们考虑的范畴了。

10 时 50 分，侯医生发来消息："刚才又给如意换了一次外包扎，坚持几天看看，伤口肉芽有没有变化，小家伙伤口还是挺疼的，今天给它用上了止痛药。"

同时，徐医生给我们发来了"病危通知书"，是标准版本。我和妻子都很惊讶，妻子询问是什么情况。徐医生回答说："因为不知道咱们预后到底是什么结果，宝贝之前病情比较长，用药复杂，所以这个需要提前跟您签署，侯大夫这边已经联合多科室会诊，商讨之后的治疗方案。"

"我认为签署风险协议是应该的，可为什么是病危通知书呢？"妻子问道。

"之后治疗过程中，没有办法预知，是否会出现感染加重、败血症等情况的发生，败血症并发症包括：低血压、低体温、休克等，不排除由于感染加重，导致多器官损伤或衰竭，所以需要跟您签署该协议。"徐医生回复道。

紧接着侯医生发来消息："主要是我们没有预后不良的协议，我们再给您重新起草一份。"

过了一会，徐医生发来了："北京美联众合动物医院有限公司分院"的"预后不良通知书"，妻子按照要求签署了这份通知书。

中午，住院部发来了小宝贝吃饭的视频和照片，我和妻子略感欣慰。

直到此时，我和妻子还不断收到朋友们的信函，询问小如意的情况。为了表达我们的感谢之情，同时也让关心小如意的朋友们放心，下午三时，妻子在朋友圈里发出了感谢信，全文如下：

感谢信

尊敬的各位读者朋友们，感谢大家几日来对《天使如意》的关注和支持！短短四天时间，我们收到了很多朋友的推荐，最终我们选择了"北京美联众合动物医院转诊中心"。小如意已于昨日（12月3日）晚上顺利入院治疗，《天使如意》的故事将在这里延续下去。我们坚信在这里小如意将会涅槃重生！再次感谢大家的帮助！我们会随时向大家传递小如意的治疗情况，希望读者朋友们继续支持！

我们收到了亲朋好友的祝福：祝愿小如意早日康复，平安归来！

晚上7点我们收到了住院部发来的视频，小如意呆呆地看着食物，没有任何表情。我知道它是在发烧，它是靠顽强的毅力活到现在的，主要表现在它的进食上，除非发烧，它食欲很好。

第二天（12月5日）早上8时10分，我在群里发出了第一条微信："小如意不吃东西，一定是发烧了。"

9时21分，侯医生回复："晚上看确实又发烧了，我们一会儿给如意再测下炎症指标。"11时56分，侯医生发来了新的信息："今天检查saa130升高得挺多的，我们今天把抗生素换成静脉给药，物理降温的同时，也口服止疼抗炎的药物，看看用药效果怎么样。"

妻子回复：深表感谢！

14时38分，侯医生发来了初步治疗方案："今天我们给如意的伤口表面，使用了促进肉芽生长的敷料，所以今天的费用会贵一些，5天后看看肉芽的情况，再决定是直接手术，还是可以再使用一次。"同时发来了小如意伤口涂药后的照片。

妻子回复："小如意交给您，我们放心，一切拜托了！"

今天是妈妈八十九周岁的生日，为了不让妈妈担心，让她过一个快乐的生日，所以我生病的事没有让她知道。

妈妈的身体非常健康，这是我们做儿女最大的幸福。

我们为妈妈准备了一个大大的生日蛋糕，全家上上下下都为妈妈的生日忙活着，中午做了一桌子妈妈喜欢的菜肴，弟弟做了他拿手的"天津打卤面"，妹妹做了寿桃给妈妈祝寿！

我和妻子把小如意在北京住院的事放在了心里，没有对外提及。在各种氛围和各种完全不同的情绪中，我和妻子度过了小如意入院后的第二天。明天妻子就要陪我去北京阜外医院看病了，无论如何都要去看看我们的小宝贝，不要让它以为我们丢下它不管了，要给它温暖和信心，为小宝贝加油！

考虑到我住院后汽车不能长期停在医院，我们找了朋友过来开车去医院。北京阜外医院距离廊坊不过七十几公里路程，一般一个半小时就可以到了。我们挂的是12月6日上午9点钟的专家号，担心北京堵车，我们早上6点就从家里出发，结果9时30分才赶到阜外医院。中途为了赶时间我们走错了路，跑到长安街上去了，外地的车辆是不准驶进二环内的，我们很快就被北京交警拦下，对我们的车辆和人员进行检查。当得知我们是来阜外医院看病的，因为赶时间才走错了路时，只对司机进行了口头教育，没有扣分罚款，很快放我们走了，在此向他们致谢！

我们来晚了半个小时，担心过了就诊号，结果到了心内科门诊后才知道专家还没到，我们松了一口气。

上午十点半，妻子陪我走进了门诊室。

我就医的是位男专家，五十岁出头的年龄，和蔼可亲的面容使人非常放松。他看了山海关人民医院出具的各种检验报告，问了我一些基本情况，然后告诉我这些只能证明你的来因，在这里一切还要重新检查。专家为我开具了验血、拍片、透视、心电图、超声波（彩超）等各种检查单，和小如意入院时的检查项目几乎完全一样！

十几分钟后，我和妻子走出了门诊室。

彩超检查预约到明天（12月7日）下午4时30分，其他检查一个上午就完成了，结果也要等到明天下午才能出来，是否需要住院要等到所有检查结果出来后才能决定，现在我这边的事全部要等到明天。

我们该去看宝贝了。

对此我们也做好了预案：离北京市马泉营地铁站两公里的地方，有一个格林豪泰宾馆，我们是这家宾馆的高级会员。选择这里有两个原因：一是这里乘坐地铁六站地直接就到了"大屯东路"地铁站，这里是离小宝贝最近的地铁站；二是这里离市中心较远，宾馆费用较低，能节省开支。

我们驱车来到马泉营，午饭后入住了格林豪泰宾馆。我们的车让朋友开回廊坊去了，这里坐地铁比开车方便。宝贝的探视时间是下午2—4点和晚上的6—8点，我们选择了晚上，这样我们可以适当休息一下。

傍晚5时10分从宾馆出发，15分钟走到马泉营地铁站，乘地铁需要半个小时时间，从大屯路东地铁站出来，我们用手机导航一路向南走，大约有一点五公里的路程。北京冬天的傍晚天已经完全黑了下来，寒风不分方向地乱吹，地上的树叶夹裹着灰尘上下飞舞，在灯光的照射下像是在街道上穿梭的幽灵；南来北往的汽车更像是一条条火龙，奔驰而去。世界是如此纷纭热闹，此刻走在路边角落的人们又是如此凄凉孤寂，以至于当我们走到"汉庭宾馆"门前，看到了一个卖烤红薯的老汉和他燃烧着的火炉时，心顿时被"烫"

热了！如果不是急着去看宝贝，真想买他一块红薯。

再往前十几米的地方有一个做手机配件生意的高个子的年轻人，从他的着装上能感觉他是个有修养、有知识的体面小伙子。地面上放着他的营生：一个大大的、完全敞开的皮包，皮包里的物品一眼可见，皮包前面放着一个牌子，上面写着经营的范围。他显然没有烤红薯的老汉自在，只见他不停地搓着手、跺着脚取暖。生活啊！

看到我们在注意他，他微笑着和我们打招呼，我们也微笑着向他挥了挥手。

我们继续往前走去，又过了一个路灯，我们终于来到了小宝贝的楼前。

前台女士亲切地和我们打招呼，得知我们是来看望小如意的，她立刻联系住院部，询问现在如意是否方便探视。得到对方的肯定答复后，她客气地指引我们上楼。住院部在医院的二楼。

我和妻子快步上到二楼，轻轻地敲门，慢慢走到宝贝面前。这是近八个月以来我们最长的一次分别，整整三天。

小宝贝怯生生地躲在笼子的角落，妻子轻轻地呼唤着小如意的名字："如意，小如意，爸爸妈妈来了，来看你了，你好吗？过来，让爸爸妈妈看看你。"听到妈妈的声音，小如意转过身，慢慢地向我们靠近。妻子赶紧将手伸进笼子里，轻轻地抚摸着它的头，然后用湿巾给它擦眼睛、擦脸。耳朵里好脏，妻子找护士要来棉球，为它清理耳朵。妻子一边为小如意做卫生，一边不停地念叨着："爸爸妈妈好几天都没有来看你，宝贝吃苦了！爸爸妈妈有事，爸爸生病了，和你一样要看医生，你和爸爸一起加油好吗？等你好了，爸爸也好了，我们一起回家，回白鹭岛，看大海……"宝贝一声不吭地看着妈妈，听着这亲切熟悉的声音，任凭妻子"摆布"。

接下来妻子给小如意喂食，妻子从两个大大的快递箱里翻找着食物，然后一样一样地打开，举到小宝贝跟前。

小如意已经没有了过去进食的劲头，它选择性地吃了些营养品和小吃，精神也大不如从前。

妻子忙活了一个多小时，终于有了一点儿间歇，给了我抚摸宝贝的机会。我呼唤着小如意的名字，用我们之间特殊的语气交流着：我的右手不停地在宝贝的头上和脖子周围揉搓，它最喜欢我用拇指由下而上捋它的眉头，我精心地爱抚着。突然，小如意将头使劲抬起，将我的右手压住放到嘴里，用牙齿咬住我的食指。我能够感觉到它在控制着力度，使劲咬了一下，速度很快，等我反应过来，已经结束了。

我的心为之一震，第六感告知我这是小如意有话要对我说，我猜不透它要说什么。也或许是某种暗示，我虽然知道，但解不开，也猜不到。我重新将手指伸到宝贝的嘴边，示意它继续咬爸爸一下，告诉我你要说什么？它将头转开，不再理我。我当时只觉得心里特别难受，好像有一种不祥的预感。

真正被宝贝咬痛的不是手指，而是心！更准确地说，是我的灵魂！

此时是 2023 年 12 月 6 日，晚上 7 时，吞噬灵魂的时刻。

探视时间快结束了，我抓紧时间给宝贝拍了几张照片，妻子反复叮嘱着小宝贝要坚强，要多吃东西，我们很快就会好起来的。告诉宝贝，爸爸妈妈明天还来看它，我们是多么爱它，想它！妻子又重新为小如意收拾了一下窝，换了干净的水，加了新鲜的食物，放了两件小玩具，最后再抚摸抚摸宝贝的头，向年轻医护们表示感谢。我带着疑惑和妻子恋恋不舍地离开了这里。

第十三章　祈　福

我心脏出问题的事妻子还是告诉了女儿，害得女儿哭了一场，还非要从加拿大飞回来不可。经我反复劝说、耐心开导，才稳定了女儿的情绪。为了转移话题，我把小如意在北京住院治疗的事告诉了女儿，女儿非常关心小如意的病情，她要同时为我和小如意祈祷！

12月7日上午9时39分，住院部白医生发来如意的病情播报：小如意的呼吸是30—36次/分钟，心率280—212次/分钟，体温38.8—39.4摄氏度，目前体温39.1摄氏度，尚可。今天的治疗计划：消炎，控制体温，处理伤口换药等治疗和护理，鼓励进食。

从最后四个字，我们感觉宝贝进食出问题了，这是我们最担心的，因为过去七个半月，小宝贝的进食从来没有问题，除非是发烧了。我们一直同医院强调这一点，这是小如意的强项，是它能够挺到今天的关键所在。

妻子和白医生进行了详细交流，白医生认真听取了妻子的建议，采取包括人工喂食等措施，努力增加宝贝的进食量，妻子对此万分感谢！

我和妻子下午2时30分从宾馆出发，乘坐地铁去阜外医院做彩超检查。一个小时后，我们到达阜外医院，首先去取昨天的各项检查的报告单，我们细致地看了一遍，一切正常，现在就看最后一项了。

16时10分我走进彩超室，躺在了就诊床上，直接进入检测程序。两位女士开始为我做着各种检测。其中一位一边用检测仪在我身上滑来滑去，一边向我了解病情。她首先问我是否有过心脏病史。我回答道："新冠之前身体一直很好，我喜欢健身，没有心脏病史。只是在新冠阳了之后，左边心脏下方靠近胸口部位经常有阵痛感，我怀疑是心肌炎，由于不严重，所以没有去看医生。"接着她又问道："除此之外还有什么不适？"我说："在检查出主动脉瓣中大返流之前，心脏没有什么不适的感觉，自从医生告诉我心脏返流严重，要我立刻到大医院治疗，可能需要手术后，明显出现心慌和憋气的感觉，躺下还能听见心脏的返流声，说不上来的一种症状，我怀疑是心理反应，也担心问题严重不敢耽搁，这不就躺在这了。"

"在哪做的彩超？"她继续问道。

"在秦皇岛市山海关人民医院，应该是县级医院吧。"我答道。

"是甲级医院吗？"她接着问。

"不清楚。"我说。

在和我交谈的同时，两位女医师也在相互沟通着，我注意到拿仪器在我身上测来测去的女医师一直迟疑不决。她好像是在自言自语，又好像是对她身边的同事说："中大返流？不像，最多算得上中度返流！"女同事回答："多测几遍看看。"测量仪器在我胸口的左侧反复滑动着，两位女士也反复交流着。几分钟后，其中一位女士对我说："好了，起来吧。到门口等着，半个小时后拿报告单。"

"好了，起来吧！"这句话吉祥，我心里想。

妻子一直守候在门口，看我从彩超室里走出来，立刻上前询问："怎么样，有问题吗？"

"应该问题不大，我听到两位女士的谈话，好像没有山海关人民医院说得那么严重，等着拿报告单吧。"我说道。

半个小时后，我们拿到了北京阜外医院的彩超检查报告单，报告单上显示：主动脉瓣中度返流。

我和妻子都很高兴，我们立刻到了心内科找医生，想让医生给看看这份报告单，希望能从医生那里得到我们想要的结论。接待室的工作人员告诉我们，看医生需要重新挂号，现在这样没有哪个医生会接待我们的。

妻子当即为我挂了明天（12月8日）上午9时的专家号，这时已经是晚上五点了，我们立刻动身前往美联众合转诊中心，去看望小如意，这是我们心里最惦记的事。

从阜外医院到阜成门地铁站大约要十五分钟。我们需要在这里乘坐2号线到雍和宫，然后换乘5号线到大屯路东，等我们到小宝贝面前时已经是晚上六点钟了。小宝贝看到我们显示出高兴的样子，冲着我们叫了几声，把头在我们的手上蹭来蹭去，不停地哼哼着，向我们表达着它的情感！

来这里才五天时间，小宝贝明显地憔悴了，瘦了许多，这一切我和妻子看在眼里，疼在心里！可是有什么办法呢？这是我们唯一的路，是希望的路，也是最后的路！

妻子为宝贝做着所有能做的事情：清理身上、头上、耳朵和眼睛的卫生，哄着它吃各种营业品，换水，整理它的房间。我在旁边给妻子做副手，一有空我就去抚摸宝贝的头和下巴，同时告诉它我是多么爱它、想它！

又快到八点了，我给小宝贝拍了今天的照片，妻子哄它躺好，为它关好房门，告诉它，明天爸爸妈妈还会来看它，爸爸妈妈是多么爱它，多么舍不得它！这才……然后的然后，我们默默地离开。

可能是心情过分沉重的缘故，在经过卖手机配件的年轻小伙的摊位时，竟然一点儿察觉都没有，直到看到了烤红薯的火炉，和在火光中时隐时现的面容时，才想起他来，这时已经离他有十几米远了，不由得回头向他望去。

他依旧在不停地跺着脚、搓着手，看着小伙子熟悉孤独的身影，心里空落落的。

人在悲伤的时候会心生怜悯，怜悯的心会产生爱，这就是"慈悲"！

我们刚刚走出马泉营地铁站就接到了女儿的微信聊天视频，女儿看到我们就急着询问今天的检查情况。得知我的主动脉瓣是中度返流后，女儿笑了，说道："我就知道老爸没事，我也在网上做了点儿功课，中度返流应该不需要手术。"

然后我们又把小如意的情况向女儿做了详细的描述，女儿让我们别太着急，说了很多开导我们的话，想尽量多地给我们安慰！

与女儿视频聊天后，我们的心情确实好一些了，我们到宾馆附近的小饭店去吃今天的晚饭。

翌日（12 月 8 日）是星期五，为了 9 点前赶到阜外医院，我们不到 8 点钟就来到了马泉营地铁站 8 号线，眼前的一幕让我们惊呆了：第一次见到有这么多人在等车。让我们惊呆的主要原因还不只是等车的人多，而是车上的人更多！整列车厢就像是一个大大的"铁皮饺子"，肚子被塞得满满的，有随时破裂的可能，让人望而却步！车来了，当打开车门时，车上的人已经将门口堵得严严实实，车下的人还是拼了命地往上挤，只要脚能够到列车的地板，人基本就算是上去了，因为下面的人会使劲往里推你，直到关了车门为止。都是年轻人，都很有力气！

我们猜测这些都是外地来北京工作的年轻人，为了房租便宜些，选择了既有高铁之便，又远离市区的顺义地区租房住，这和我们的想法和选择是一致的，只是我们不年轻了。

我们呆呆地看着三趟车停了，又走了。再这样等下去"黄花菜都凉了"。我和妻子终于下定了决心，准备好了往车上挤。我们已经学会了"挤"的方法：先用手把住车门两旁任意一边的门框，一定要"后背向里面朝外"，这是成功的关键，然后屁股用力向里"拱"，手臂同时使劲，憋足一口气，心里要想着：

"我就不信上不去！"啊哈，上来了。

车开了。我想用身体替妻子抵抗住来自一方的压力，发现根本做不到，在这里除了头可以自由晃动外，身体的其他部位被完全地控制住，只能随着车厢里的人群整体晃动。

我伸着头左右观察了一下车上的情况：车上除了年轻人和四十岁左右的中年人之外，就只有我们两个"老年人"。让我感到惊惑的是：虽然这里每个人的年龄、长相和性别不同，但面部表情几乎完全一样。对，是的，毫无表情！这让我不禁想起一个词汇："木讷"。好像车上的拥挤和他们每个人都没有丝毫关系。大多数人的一只手臂弯曲向上，举过肩膀，手里举着手机，眼睛在聚精会神地看着屏幕，屏幕上变换的光亮在他们脸上闪动着；事先没能将手臂伸出来的可就惨了，只能白白浪费掉车上这宝贵的时光。个子矮的就更吃亏了，他们无法在高个子的肩膀下翻看手机，因为他们连呼吸都成问题，只能使劲将头向上昂起，在人群的缝隙里喘气。

"这要是在夏天怎么办呢？"妻子突然在我的耳边问道，眼光里充满了疑惑。

"不知道。"我摇了摇头答道。

在这里聪明的读者朋友们可以自由发挥，无限地想象一下夏天的场景。

车行进的第三站是"望京"站，这里和13号线相连，是个交通枢纽，下车的人多，上车的人少，车里松快了一些，车越往市区中心行驶，车厢里就越松快。

当我们走出阜成门地铁口时已经过了九点钟，正好来了一辆出租车，帮了我们的忙。

我们终于在9时20分赶到了阜外医院心内科门诊室，还好，没有过号，我们使劲喘着气。

过了十分钟，妻子陪我走进了预约的专家诊室，将我们两天检查的结果——各种化验单、报告单交到了专家手里，我作为病人坐在了专家面前，妻子站在我身后。

我面前的专家是一位五十多岁戴着眼镜的男医生，圆圆的脸上没有胡须，微胖，但个子应该不高，因为是坐着，这只是我的感觉。

之所以要认真观察他，是因为他即将决定我的命运。

我看着他，他看着我的检查报告单。

绝对没有两分钟，专家就将所有的检查报告捋了一遍，头都不抬地对我说："嗯，挺好的，没事，回去吧。"

我真的晕了、愣住了！这是在看病吗？花钱不说，费了九牛二虎之力，不要命地"挤"了过来，您还不到十个字就把我打发了？

"您好大夫！彩超检验报告上说我的心脏主动脉瓣中度返流，这不是病吗？"我强忍着心里的不快和疑惑，问道。

"是病，但没有到治疗的程度。"专家肯定地说。

"专家们不是常说有病早治吗？我来北京前山海关人民医院的医生还特意嘱咐我，趁着现在还不很严重，越早治疗越好。"我接着说。

"他们没有告诉你怎么治疗吗？"专家终于抬起头，看了我一眼，反问道。

"说了，需要手术。"我答道。

专家又低下了头，把他的圆眼睛重新回到了那些报告单上。他用左手扶了一下眼镜，右手用笔在上面边画圈圈边对我说："依据你现在的状况，可能这一生都不需要做手术。"他语气肯定。

"不是可以做修补手术吗？"我试探性地问道。

"心脏修补手术是一个非常复杂的手术，对此所有的医院都很慎重。主动脉瓣就是你心脏的'大门'，懂了吗？目前它有点变形关不严了，远没到需要换门的程度，以后多注意点儿就可以了。至于修补手术，风险很高，完全没有必要，不做比做好，你还做吗？"专家就是专家，几句话就把复杂的事情讲明白了。

"那以后都需要注意些什么呢？"妻子插话进来。

"多注意休息，适当运动，别抽烟，少喝酒，保持平静的心情，有良好的生活习惯就可以了。"专家讲的都是最基本的健康生活方式。

"不需要拿点儿吃的药吗？"我最后问道。

"你的心脏没有其他问题，血压也正常，各项指标都挺好的，吃什么药？"专家看了我一眼，说道，好像这个问题问得多余。

找不到问题可问了，我和妻子用眼神交流了一下，就这样吧。我们谢过专家，我健康地走出北京阜外医院。

现在是十点钟，我和妻子向阜成门地铁站方向走去。

路过一个水果店，妻子进去买了一兜橘子和一串大大的糖葫芦，笑着对我说："庆贺一下，大橘（吉）大利，团团圆圆！"妻子将手中的糖葫芦递给我。

我接过糖葫芦，看着妻子高兴的样子，心里好欣慰。是呀，我没事了，接下来就可以全力以赴救治小如意了，这下也不用担心钱的问题了。

其实在我的内心一直有一个想法："美联众合动物医院转诊中心"应该是中美合作的医疗机构，我是从字面上理解的，如果真是，我们的小如意就有可能被"转诊"到美国去治疗。如果真有这么一天，一定需要很多钱。原来担心我们的钱不够，这下好了，所有的钱归它自己使用，我的担心没了，剩下的只有"等待"和"希望"！

"你在想什么？"妻子见我沉思的样子，问道。

"啊，没想什么。"我笑了笑，说道。

我们走到了过街天桥上，桥的下面应该是长安街，我们站在天桥的中间位置，看着下面公路上东来西去的车流，吃着糖葫芦，心里充满了喜悦！

"老公，我们去天坛吧。"妻子说道。

我知道妻子的心意：我没事了，这得感谢"天"，所以她要去天坛"敬天"！

为全家祈福，也保佑小如意平平安安！

“好的，我们现在就去。”我点头应道。

在阜成门地铁站坐 2 号线六站地到崇文门，然后换乘 5 号线两站地就到了天坛东门。我和妻子怀着对“天”无比虔诚的心，走进了天坛公园。

我们按时收到了美联众合的微信播报，小如意昨天晚上体征：呼吸 30—36 次 / 分钟，心率 204—210 次 / 分钟，体温 38.5—40.6 摄氏度，目前体温 39.9 摄氏度，偏高，持续物理降温中。精神状况尚可。饮食饮水状态：吃 14 克虾 +4 克罐头 +50 克湿粮 +15 克零食，人工喂食 20 克湿粮。自主饮水。排尿 4 次，暂未排便。

检查计划：暂无。

治疗计划：消炎，控制体温，处理伤口换药等治疗和护理，鼓励进食。

同时发来了小如意的视频，由于持续发烧，影响进食，宝贝很憔悴。

不得不说院方护理是周到的，这让我们揪着的心得到些许宽慰，只是宝贝的体温一直过高，我们很担心出现意外。

妻子及时和今天的主治医生白大夫进行了沟通，白大夫说她尽快联系一下其他大夫，对小如意的情况做个会诊，及时给予调整。

我们在公园里踱步三个多小时，下午一点半回到了天坛东门。想找个饭店吃点儿东西，看看周围街道整齐，不像是有饭店的样子。地铁口距离天坛东门很近，我们放弃了在这里找饭店的念头，好在妻子早上买了一兜橘子，当务之急是去看我们的小如意，它一定等急了。

从天坛乘坐地铁 5 号线可以直达大屯路东站，中间需要经过 12 站地，大约要一个半小时。车上人比较多，感觉有点儿挤。上车后我们往中间方向移动。突然有个小伙子从座位上站了起来，对我说道：“大叔，您坐在这里吧。”我一时愣住了，这种善举第一次发生在我身上，搞得我不知所措，回了一下神，我说道：“不用，不用，小伙子你快坐下，站一会儿没有关系。”

"我前面就到站了，您快坐吧！"小伙子诚恳地说。

他善良的语气让我无法继续推脱，我连声说："谢谢、谢谢！"一屁股坐了下来。

是的，我确实累了，从早上"挤地铁"开始，到医院就诊，又到天坛祭天，一直就没有闲着，真是又困、又累，还空着肚子。这个座位无疑是"雪里送炭"，此时心里的感激之情在这熙攘的车厢里又无法过多言表。

我仔细地看了看眼前这个好心的小伙子：二十岁出头的年龄，中等身材，穿着一件浅蓝色的短领夹克衫，白净的圆脸上挂着自然的微笑，浓眉下一双大眼睛，眨动间闪现出天真的友善，双手搭在一个中号行李箱上。可能是觉察到我在观察他，他腼腆地扭过头去。

我将眼神挪开，看到妻子在我的斜对面站着，我想把座位让给她，距离有点儿远，困难。眼睛有点儿不听使唤，我只好闭目养神，我需要这段时间来恢复一下体能，一会儿好看宝贝。

感觉是第二次到站停车，我赶紧睁开眼，寻找那个小伙子，想着在他下车前再和他说句话，表示一下我的感谢之情！

车上人还是很多，透过人群间的缝隙寻找了一圈，没有找到他的身影，心里涌出一种说不出的滋味，像是和亲朋好友分别后的感觉，有一种莫名的忧伤！

车到了大屯路东站，我和妻子在车下会合，我提到刚才让座的小伙子，说我没有看到他在哪儿下的车，心里有点儿遗憾。妻子告诉我："他还在车上，只是怕你难为情，提前躲到我这边来了。"

我沉默了。"如果有缘，今生或许还会再见！"我心里想着，为他祝福！

下午三点，我们来到了小如意的身边，小宝贝虽然发着烧，还是坚强地和我们打着招呼，表示着它的期盼！看到它憔悴的面容，我实在忍不住了，眼泪夺眶而出。妻子安慰我："不要这样，让大夫们看见不好。"我低头去了卫生间。

住院部的大夫告诉我们，小如意目前只吃一种叫作"脸谱处方"的湿粮，现在已经快没有了，需要马上进货。

这种湿粮还是我和小如意在康乐宠物医院就诊时，厂家的推销员听了小如意的故事后送了两袋，从此，小如意就和它结下了口缘。妻子立刻联系经销商，要他们用顺风快递发货，争取明天上午送到。

我们一直守护在宝贝身边，直到医院晚上的探视时间结束才离开。到宾馆已经很晚了，只有一家餐厅还在营业。我们用了晚餐，心情无比沉重。

小如意的现状和我们想象的差距很大，可摆在我们面前的不是"进退两难"，而是"无路可退"！

晚上准时接到了女儿的微信聊天视频，我首先向女儿汇报了今天去医院看病的情况，听说我还没住院就"健康出院"，女儿笑个不停。

我们没有把小如意的真实情况告诉女儿，没有必要让她和我们一样担心，女儿沉浸在爸爸平安无事的幸福里。

12月9日早上8时34分，医院的微信群里发来了小如意的视频：宝贝显得特别憔悴，萎缩在角落里一动不动，只有嘴巴在微微地翘动，这场景无法让我们的心平静。

妻子在微信群里委婉地表达了担心。

住院部白医生立刻给予了回复："稍后巡诊，和您播报。"

9时36分，我们收到了白医生的病情播报和如意昨晚的体征：呼吸30—44次／分钟，心率192—196次／分钟，体温39—40.1摄氏度左右，目前体温39.2摄氏度，偏高，体温高时物理降温。精神状态：尚可。饮食饮水状态：吃85克脸谱湿粮。自主饮水。排便一次，排尿4次，形态正常。

检查计划：暂无。

治疗计划：消炎，控制体温，处理伤口换药等治疗和护理，鼓励进食。

11 时 18 分，侯医生在微信群里给我们发来了消息："今天把内层敷料揭开看有很多新生肉芽了，明天早上需要再看一下，如果不错就考虑手术了。"

妻子立刻回复："这真是几天来我们等到的好消息，谢谢您和大家的辛苦努力！感谢感谢！"

昨天订购的"脸谱湿粮"包今天中午 13 时医院住院部就收到了，真的感谢"脸谱"经销商和顺丰快递！

因为我的问题解决了，现在只剩下小如意的问题了，所以我们没有必要住在北京郊区了，决定回廊坊住。一来可以陪陪妈妈，二来还节省了住宿钱。廊坊到北京的高铁很方便，我们照样能每天来北京探望宝贝。

下午三点，接我们回廊坊的车来到宾馆。

首先我们去美联众合看望小如意，小宝贝还有点儿发烧，医护正在为它物理降温：它的房间里放着一个塑料桶，桶里装着凉水，外面有一个小电扇对着它的房间轻轻地吹着。

因为有朋友在为我们开车，所以不能久待。晚上五点我们向小宝贝告别，向医护人员道谢后离开医院，驱车向廊坊市驶去。

当晚和几个朋友一起吃饭，好久没有相聚了，大家都很开心。我和妻子只能忍住伤痛，赔着笑脸，尽量不影响大家的心情。

本想和朋友们在一起多喝两杯，正好用酒来缓解一下压抑的心情。由于妻子的干预，酒没到位，所以作用有限。过后想想：小如意每时每刻都在忍受病痛的折磨，我又岂能置身事外，自我麻醉！

第十四章　第二次手术

　　自从山海关人民医院的大夫告知我心脏主动脉瓣中大返流，急需到大医院就诊开始，我就感觉心脏特别不舒服，好像总能听见心脏返流的声音，并且胸闷、气短，晚上睡觉必须身体侧向右侧，如果侧向左侧，就能听到心脏的跳动声和返流声，根本无法入睡。所以，再累也得保持向右这个姿势。那些天我感觉体虚力乏，我甚至怀疑，心脏随时可能出问题。为此，我去了好几家药店买药，人家都要我出具医院处方，否则不卖给我，理由是治疗心脏的药不能随便吃。最后在我坚持下，在一家药店买了一盒"复方丹参片"，临走，药店负责人还一再叮嘱我："要遵医嘱。"

　　当我"健康"地从北京阜外医院大门出来时，所有的症状都神奇地消失了，完全康复了。

　　我们每次去看望小如意都要去见它的主治医生，侯大夫的每一句话对我们来说都非常关键。无论我们的心情多么沉重，总能在她那里找到些许安慰，看到未来和希望，她是我们的"定海神针"。

　　2023 年 12 月 10 日，星期天，农历十月二十八。

　　上午 10 时，微信群里发来了病情通报，今天的住院医生是庞大夫。

小如意昨晚体征：呼吸 24—36 次 / 分钟，心率 180—196 次 / 分钟，体温 38.2—39.6 摄氏度左右，目前体温 39.3 摄氏度，偏高，需物理降温。

精神状态：尚可。

饮食饮水状态：吃 85 克脸谱湿粮，自主饮水 + 静脉补液。排尿 4 次，未见排便。

检查计划：血常规、SAA（炎症相关）。

治疗计划：消炎、控制体温、处理伤口换药等治疗和护理。

10 时 20 分，我们开车去廊坊市济民口腔医院，妻子预约了今天上午看牙。由于对小如意病情的担心，我们的情绪都很不佳。

"如果可能，我真的愿意用我的阳寿换小如意的健康，两年，或者五年换一年都行。"我嘟囔着说。

妻子用嗔怪的语气说道："你胡说什么呢？"

见妻子动了真怒，我不再吭声了，但我真是这么想的，也是这么祈求的。

11 时 13 分，侯大夫发来微信："今天检查炎症指标还是偏高，等下再免费看下 B 超，确认下腹腔脏器的情况，计划下午手术。"

11 时 23 分，住院部庞医生发来了实验室检查结果，报告单两份，其中红色字体显示：

1.MONO（单核细胞数目）：结果值 ×1.83 单位 ×10^9/L　参考值 0.05-0.67。

2.SAA（猫血清淀粉样蛋白）：结果值 103.73　单位 mg/L　参考值 2　备注：明显炎症。

看完检查单，我立刻给侯医生发去了微信："侯大夫，侯医生您好！我们都是外行，不知道炎症是否影响手术治疗效果。昨天您说的要采样做活体实验，不知还做吗？"

侯医生回复："因为大面积的皮肤缺失，本身就会导致炎症和感染，尽早手术，可以减少进一步的感染，伤口也更好护理，同时会采样送检药敏，指导之后抗生素用药。"

妻子牙齿的种植手术很快就完成了。我们原计划下午乘高铁去探望小如意的，侯医生电话里告诉我们，如果下午手术，今天最好就不要来了，手术需要全身麻醉，术后小宝贝需要好好休息。听了侯医生的话，我们决定明天再去。

12 时 51 分，庞医生发来了小如意的"麻醉知情同意书"，需要我们在上面签字确认，妻子在同意书上签了字。

庞医生通知我们说，因为小如意上午才进食，所以下午的手术安排得比较晚。

接下来的几个小时过得好慢，我和妻子一边为宝贝祈祷，一边焦急地等待着结果，我们都清楚今天手术的重要性，寄予着我们所有的希望！

我们都有午睡的习惯，但今天中午我们都睡不着，拿着手机胡乱地翻找着，脑子里全是小如意的身影，索性把过去小如意的照片、视频翻找出来，我们一张一页地看着，回忆着……

傍晚 5 时 10 分，妻子终于接到了侯医生的电话，大概意思是："小如意麻醉后，剃光了身上的毛发，发现全身真菌感染严重，继续手术风险很大，只能先做皮肤治疗，医院皮肤科专家已经介入治疗，皮肤真菌治疗时间较长，最少也要两周左右，要有思想准备。"

同时告诉我们："已经取了小如意的组织样本，同时给小如意下了食管，这样它会舒服些。"

接完侯医生的电话，妻子的眼泪夺眶而出，她把头埋在了双手里。

我强忍着眼泪劝道："也许还有希望！"

妻子哽咽着说道："我也愿意用我的命换宝贝的命！"

从这一刻起，真正的伤痛到来了。

18时25分，侯医生发来了宝贝的照片：

此时的小宝贝来世间还不到一年，可照片中的小如意，仿佛是一个八九十岁的老人，躺在了病床上。在我们心里，它早已不只是小猫咪了，它是我们百般疼爱的孩子！如今看到它这般模样，心痛的滋味无法形容。

18时41分，我给侯医生发了微信：

"侯医生，救救它！拜托了，谢谢！"

19时07分，侯医生回复："今天皮肤科王大夫给咱们检查了皮肤情况，真菌情况非常严重，晚上咱们就开始吃伊曲康唑了，同时也安排了真菌的院内培养，采样的组织，也会送检细菌培养，和药敏试验。"

接着，侯医生发来了宝贝的视频，附上了一句话："现在身上基本都没毛了。"

我都不忍心去看宝贝的视频了，还是妻子做的回复。

眼泪解决不了任何问题，宝贝在国内最好的医院，我们已经无从选择，也无能为力。

此时，我的脑海里浮现出了一个场景：在实验室里，科学家成功地"克隆"出一块人的皮肤，这项技术可以帮助人类解决大面积烧伤等皮肤移植问题。我虽然记不清是什么时间在电视里看到的画面，但可以确定的是我真实地看到过。

这个画面使我激动不已：如果能够克隆一块宝贝肚皮上所需要的皮肤，就不用再给宝贝做皮肤移植手术了，直接将克隆好的皮肤和身体缝合上就可以了！

我将该画面说给妻子听，这可能是我们最后的希望。

妻子也很兴奋，现在的关键是尽快找到做皮肤克隆的研究机构，现在已经是晚上了，要等到明天早上才可以联系我们要找的克隆公司。

我开始在百度上搜索相关内容，"小动物克隆"，结果查到了十几家克隆公司和克隆技术研发中心，我分别记下了他们的联系方式，准备天一亮就联系他们。

又是一个内心被希望的热流充溢着难以入睡的夜晚，脑海里不停地浮现出记忆中"克隆"实验室的场景：在实验室里小如意身上所需要的皮肤被克隆出来，放在一个特制的医疗容器里，我和妻子透过玻璃窗能够看到里面的一切，此刻我的心都快跳出来了……

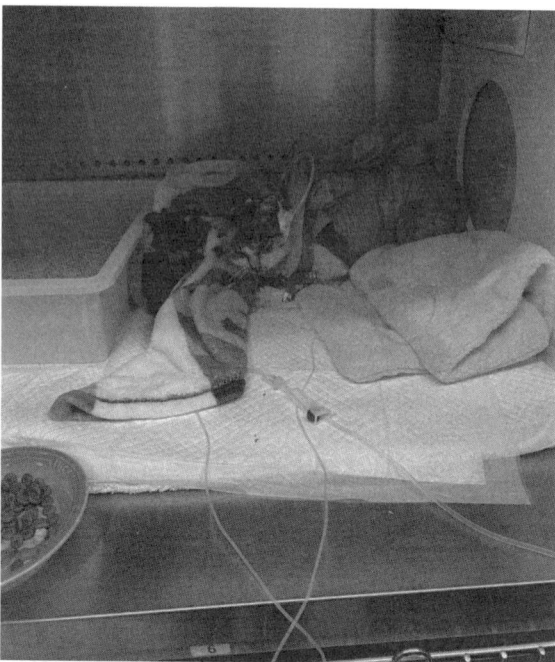

手术后的小如意

我翻转身体换了一个睡姿，想让心脏跳动得慢一点儿，安静一点儿。

慢慢地在半睡半醒中，躺在病床上小如意的身影又浮现在眼前，看着它孤独可怜的样子和它期盼的眼神，泪水不由自主地湿透了枕巾。我下意识地用枕巾擦了擦面颊，用力将思绪拉回到"克隆实验室"里，那个给我最后希望的地方。我整理着皮肤克隆所需要的过程和步骤：如何从宝贝身上采样，保存样本，然后放到实验仪器里进行培养，等等，尽我的认知去想象……思绪随着时间在飘移，继而又转换成小如意手术中的场景：克隆好的皮肤到了医院，就放在手术室的保温箱里，小如意躺在手术台上，静静地等待着。

接下来的画面变得越发模糊不清：有手术室里变换的灯光、医护人员晃动的身影，还有小如意渴望的目光和肚子上若隐若现的伤口，以及伤口上时有时无的皮肤……

我睡着了。

凌晨五点刚过，我从梦中醒来，看着时间还早，就将头重新放到枕头上想再睡会儿。我闭上眼睛感觉比睁着眼睛还清醒，这叫一个"难受"，还是起来吧。

现在离正常上班时间还有两个多小时，于是我在网络上翻阅关于动物克隆技术的内容，发现早在 1996 年动物克隆技术就已经成功了，到 2000 年已经很成熟了，克隆的动物有猕猴、猪、羊、牛等，2001 年一只名字叫"科毕"的猫咪克隆成功，从此开辟了宠物克隆市场，并最终形成了克隆宠物的国际性行业。

现在国内有多家克隆公司和克隆工厂，他们为很多失去爱宠的人们成功地克隆出了他们的爱犬、爱猫。

我试着搜索"动物皮肤克隆技术"，只搜索到了"人类皮肤克隆技术"，显示的最佳答案是："克隆皮肤是指通过生物技术将人体的健康皮肤细胞复制，培植并移植到皮肤有问题的区域，达到修复皮肤的目的。"在这里，我没能找到成功的案例，但我依然坚信：人的皮肤可以克隆，动物的也一定可以。

时间来到了早上七半点钟，我开始试着联系昨晚记下的几家克隆公司和克隆中心，终于在半小时后联系上了第一家克隆公司。对方很耐心地听完了我的需求，然后告诉我他们只做活体克隆，从来没有、也做不了单纯的皮肤克隆。像我讲述的这种情况只有一种解决方案，那就是克隆一只和它一样的猫咪，等小猫咪长大了可以提供健康的皮肤，再给被克隆的猫咪做移植手术。

我问他："那要等小猫咪多大才可以做皮肤移植？"

"那得问负责做移植手术的大夫。"他答道。

"请问克隆一只小猫咪需要多少时间？"我接着问道。

"我们公司是八到十个月，这也是国内大多数克隆公司的交付时间，据我们了解，目前克隆时间最快的是西湖的一家公司，他们技术先进一些，可能价格也贵一些，你可以去问问。"他接着答道。

我们非常客气地挂断了电话。

"当头一棒!"我完全晕了。

我又试着给另外几家克隆机构和单位打了相同内容的电话，结论也相同：目前世界上即使有皮肤克隆这个技术，那也是在世界顶尖的实验室里，国内没有。

克隆一只小猫咪，再等它长大，这根本不可能，我的小如意已经没有"等"的时间了。

是啊，时间都被我的无知给耽误了。

"如果能回到八个月前该多好。"我遗憾地说道。

"如果能回去，那还需要克隆吗？"妻子斜看了我一眼，不无讽刺地问道。

我是不是已经傻了。

第十五章　分　别

人是有精神的，人的精神存在于对未来的希望之中，人追求未来的动能源自当前的希望。

当希望被现实无情地击碎时，我们只有两个选择：一是接受现实，放弃未来；二是集中精神，寻找新的希望。

12 月 11 日，星期一。

廊坊降了中到大雪，北京也降了中到大雪。

无论如何，今天都要见到我们心爱的宝贝，要给它带去爱和温暖，要给它战胜病魔的力量和活下去的希望，我们等着宝贝痊愈回家，与吉祥和喜乐团聚，一起过小日子。

妻子在网上订购了上午 9 时 40 分廊坊到北京南站的高铁票。吃过早餐我们就出发去廊坊高铁站。路面上积雪很厚，道路湿滑，公路上到处都有抛锚和出事故的车辆，汽车很难通过。我们只好将车停放在距离车站一公里远的地方，步行赶往高铁站。

路的上面是积雪，下面是冰层，给行人制造了很大的困难，每走一步都是对脚下功夫的考验，因此，路上行人稀少，关键是我们还要赶时间，有点儿麻烦！我和妻子相互搀扶着前行，关键时刻我们在健身房的锻炼发挥了决定性的作用。二十分钟后，我们安全抵达车站，顺利登上了去往北京的高铁。

在车上我们收到了今天庞医生发来的病情播报：

昨晚体征：呼吸 24—36 次 / 分钟，心率 180—196 次 / 分钟，体温 37.8—38.2 摄氏度左右，昨晚体温正常。

精神状态：尚可。

饮食饮水状态：吃 50 克脸谱湿粮。自主饮水 + 静脉补液。

排便排尿：排尿 2 次，未见排便。

检查计划：暂无。

治疗计划：消炎，关注体温，抗真菌用药，处理伤口换药等治疗和护理。

10 时 31 分，侯医生发来小如意换药时的照片，只能看见身子。侯医生在微信里写道："给伤口换了药，图上是给如意外喷石硫合剂，治疗猫癣，剃了毛小家伙清爽多了。"

妻子做了回复，说了感谢的话。

此时我和妻子的心情是很沉重的，压抑得几乎停止了心跳，但我们没有选择，只有默默地承受着。

妻子靠车窗坐着，她无意看窗外飘移的雪景，也不想出声说话，而是不停地在手机上翻阅北京地铁交通图。我知道她此刻的心情，她在找宝贝住院的位置，找通往那里的路线，路线上装满了她对宝贝的关心和思念！

大约行驶了二十分钟，高铁到达了北京南站。

我们走出高铁站进入北京南站旅客换乘大厅。我们要从这里换乘地铁 14 号线，到蒲黄榆，再换乘 5 号线，中途需要经过 13 站地，到达大屯路东站。

我和妻子根据大厅里路标指引的路线默默地朝地铁方向走着。快到地铁口时，妻子突然停了下来，看着我说："我们去宝贝那里要经过北京雍和宫站，我想去雍和宫给小如意请一个护身符，保佑它早日康复，平安回家！"

看着妻子虔诚的眼神，我连连点头表示赞同，嘴里附和着："好的，好的，我们这就去雍和宫。"

"雍和宫是离我们小如意最近的寺院，坐地铁到大屯路东只有五站地，距离我们宝贝越近，越有利于佛祖施恩，拯救我们的小宝贝！"妻子继续说道。

我当然同意妻子的说法。这里也是北京城最负盛名的皇家寺院，每天都有成千上万的人慕名前来进香祈福。

我和妻子在雍和宫大街上随便找了一家餐馆吃了午餐。从餐馆出来，我看了一下手机，时间刚到中午十二点，我们向雍和宫走去。

我们怀着无比虔诚的心迈进了雍和宫神圣静穆的大门，这里庄严的景致唤起了我多年前的回忆：

那是 1993 年的初春，我们开车带着刚满六周岁的女儿和几个朋友一起开车去八达岭长城踏青。从早上六点钟出发，一直游玩到下午两点钟，我们开车回返。

从长城上下来大家都很累了，特别是女儿，刚到车上就睡着了。

下午三点我们来到宝贝身边，看着它虚弱的样子，我再也克制不住，眼泪随着抽搐往外涌。妻子比我坚强，她劝我说："不要这样，让宝贝听到、看到爸爸这个样子不好，宝贝会心里难过的。"

随即递给我大把纸巾。

妻子细心地打理着宝贝的身体，轻轻地擦拭着它的头部。宝贝脖子上多出了一个食管，看了让我们觉得事态严重。医生解释说这样能够更好进食，保证小如意营养充足均衡，有利于它快点儿恢复体力。我们觉得是这个理。

我们的到来还是给了宝贝很多安慰，它用力站起来和我们亲近，轻轻地叫着，说着只有我们能懂的细语，还不停地张开嘴，用舌头舔一下我们的手。

侯医生来了，她很忙，刚刚做完一个手术，脸上还带着紧张的神情。我们走到病室外边交谈。

　　侯医生毕竟经历得多了，她非常了解此刻我们的心情，不等我们多问，她就开始讲述我们最关心的事情。她说："我们事先也没有想到如意的真菌感染这么严重，这次虽然手术没有做成，但我们对如意的全身做了处理，有利于全面控制治疗真菌感染。我很理解你们的心情，请放心，我们医院的皮肤科是一流的，有全国最优秀的专家和设备，我们一定能把如意的病治好，就是时间可能要长一些，这一点在电话里已经和你们说过了，而且我们医院的中医也已经介入了和如意的治疗，这些信息在和如意的微信群里都有，你们都能看到。"

　　"我看小如意好虚弱，这样它还能承受全身麻醉吗？另外，连续抽血化验，它这么弱小，能受得了吗？"我问道。

　　"麻醉应该没有多大问题，因为我们采取的是药剂注射麻醉和雾化麻醉相结合的方法，尽量减少麻醉时间和伤害，至于抽血吗，小家伙到现在还没有出现贫血，也应该问题不大，接下来我们会考虑这些因素。"侯医生答道。

　　"我想求您和我们讲实话，侯医生，小如意它还有救吗？"我实在忍不住，把我最想问又不敢问的话说了出来。

　　"您别这样！"见我落泪，侯医生劝道。接着她说："我看了您写的关于小如意的书，很感动！小如意确实不容易，它很坚强，也很懂事，医院里大家都很同情它，也喜欢它！不忙了都会来看它，都很关心它，这点您放心。我不敢承诺给您一个完完整整的小如意，但我肯定将它治好出院，把它交给您。"

　　看到侯医生诚恳的表情和这番感人肺腑的语言，我和妻子内心的感激之情真是无以言表！我们理解侯医生说的"完完整整"的含义，小如意可能会留下某种缺陷，这一点我和妻子都能接受，只要我们的小如意能平平安安回家，哪怕是有伤疤，抑或留下什么"后遗症"，这些都不重要，重要的是给我们机会和时间让我们好好在一起生活，好好爱它、照顾它。

我深深地给侯医生鞠了一躬，说道："等小如意出院了，我要把书的后半部写完，把您和您医院的恩德都写出来，不光要出书，或许还能拍成电影呢，现在正在热播一部内容相似的电影，叫什么名字？"我激动地忘记了电影的名字，转头问妻子。

"《再见，李长乐》。"妻子接过话音说道，"我们熟悉的一位出版社的主编，他说现在这种题材的作品很受欢迎，他不但可以帮助我们出书，还可以为我们推荐影视公司。到时候好好为你们医院做做宣传，感谢贵院的救命之恩！"

"那真的太感谢了！"侯医生略显激动地说道。

"真正应该感谢的是我们小如意，是你们救了它！"妻子说。

此时的我在想："如果真的到了小如意出院的那天，我们会带很多鲜花前来，同时，我应该给贵院送一幅作品，以表达我们的感谢之情！还要通知关心小如意的亲人朋友们，大家都来接如意回家，举行个仪式。"

"你们现在住在哪儿？"侯医生的问话打断了我的构想。

"我们住在廊坊。"妻子答道。

"你们怎么往返？"侯医生接着问。

"廊坊到北京坐高铁，然后换乘地铁，就是时间长点儿，很方便的。"妻子回道。

"如意皮肤的治疗时间要长一些，可能需要两到三个星期，说不定还要长，这要看它的治疗情况，你们没有必要这样来回跑，太辛苦了。我们会尽力的，请相信我。"侯医生不无关切地说。

"嗯。"妻子点点头。

接下来围绕着小如意的具体治疗情况我们又聊了一会儿。不想过多耽搁侯医生的时间，于是我们向侯医生表示了感谢，同时说了很多拜托的话，侯医生就去别处忙了。

我和妻子重新回到小如意身边，想尽量多陪宝贝一会儿。侯医生的话让我们非常纠结：白鹭岛的家里还有吉祥、喜乐和两只八哥（妮子和小宝）等着我们照顾，已经出来快十天了，小宝手术后（宫腔炎手术）还在医院住着，妮子送回它的老家了，吉祥和喜乐托小米照顾着，如果时间短，哪怕是再有十天，我们也能坚持，现在看来十天八天解决不了问题，皮肤病治疗就需要几周时间，这样拖着恐怕不行。可是把宝贝一个人丢在这里，实在是放心不下！

我们静静地陪着宝贝，轻轻地安抚着宝贝的头，它也不时地抬起头看看我们，用脸在我们的手上蹭来蹭去。妻子的眼圈红了，泪珠在眼眶里打转。我真想放声哭一场，可我不能，起码现在不行。

时间悄悄地过着，我们要赶晚上 6 时 40 分北京南站到廊坊的高铁，这里到北京南站至少需要一个小时，现在已经过了下午 5 点，我们该和宝贝说分手了。

我和妻子交替着和宝贝告别，我们都流泪了。当我们就要离开时，妻子发现宝贝也流泪了，两颗豆大的泪珠从宝贝的双眼流出。妻子赶紧上前安抚它，用手里的湿巾为宝贝擦去了就要滚落的眼泪。

这是第一次看到宝贝流泪，我和妻子跟着也哭了。

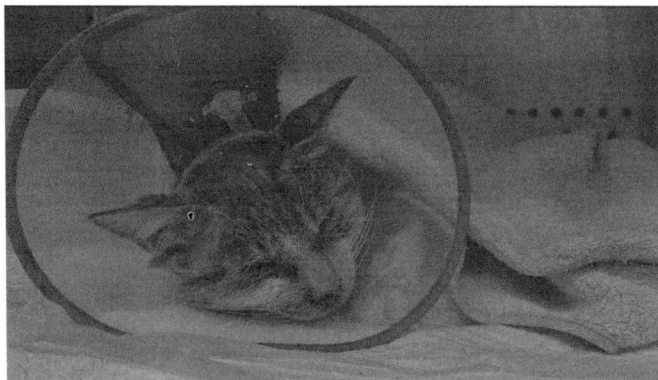

流泪的宝贝

往廊坊返回的路上，我们做出了先回白鹭岛的决定，这也是我们今世余生，最后悔的一个"决定"。

第十六章　希望与失望

　　我和妻子是这样商量的：先回白鹭岛照顾一下家，如果需要我们随时都可以回来，如果小如意真菌治疗顺利，在手术前我们提前赶回来，正常情况下我们一个人照顾家，另一个人照样可以坐高铁过来，无非就是多几个小时的路程。

　　小如意的治疗僵持在这里，我们暂时离开北京完全是无奈之举。

　　12 月 12 日，星期二。

　　整个上午都在廊坊市里转，出来十几天了，总得为朋友们捎点儿礼物回去。之后，又去和妈妈辞行，接近中午我们才踏上了回家的路。

　　早上 9 时 37 分，住院部韩医生发来了小如意昨天晚上到今天早上的病情播报。

　　昨晚体征：呼吸 24—36 次 / 分钟，心率 188—212 次 / 分钟，体温 38.3—39.9 摄氏度，体温偏高，目前在物理降温中。

　　精神状态：尚可。

　　饮食饮水状态：饲喂 50 克皮肤处方粮粉，自主饮水 + 静脉补液。排尿 2 次，未见排便。

检查计划：暂无。

治疗计划：消炎，关注体温，抗真菌用药，处理伤口换药等治疗和护理。

同时发来了宝贝在猫砂盆里虬着的视频，让人好心疼！我真不忍心看，可又不能不看，这是我们的孩子呀！

妻子回复道："宝贝像是在尿尿，似乎很痛苦的样子，好可怜哟！宝贝要坚强地挺过来，就会顺利康复，宝贝加油！"

无论多么心疼我们都必须面对现实：小如意是在国内医疗条件最好的动物医院治疗，除了心疼和祈祷外，我们什么都做不了。

车在高速公路上驶向东方，我们的心被宝贝紧紧地牵引着，越拉越长，由西向东全是忧伤！

下午三点半我们到了白鹭岛的家，吉祥和喜乐高兴地跑过来围着我们前前后后转个不停，在我们腿上蹭来蹭去。妻子少不了又要屋里屋外忙前忙后。我负责给两个小家伙清理厕所、洗盆换水、喂食，忙碌会分散我们的悲伤情绪，两个小家伙的亲昵也能缓解我们的心情，我们为家而忙碌着。

高研和小米准备好了晚餐，为我们接风。小如意的病情牵挂着每个人的心，也是餐桌上的主要话题，大家都为小如意的未来担心，议论来议论去也想不出更好的办法，只能祈祷！

不论酒能不能消愁，此时对我也是最好的解药，不过有妻子在场，别指望多喝。

吃过晚饭已经是 19 点钟了，我一个人走出房间准备回家，妻子留下继续陪小米聊天。

户外很冷，地上的树叶被夜风吹得到处乱钻，发出唰啦唰啦的声响，寒气随着唰啦声刺透我的外套，钻进肌肤，凉到心里。

我正准备走出院子，就觉得小腿被什么东西蹭了一下，感觉软软的，同时一个影子在我脚下晃动。低头望去，只见一只白色猫咪正围着我转，还不停地在我的腿上蹭来蹭去。发现我注意到它，它扬起头冲着我"喵喵"叫起来，我俯下身仔细端看：是一只英短白猫，除了颜色以外，模样和我们家吉祥很是相似，我顿时想起了远在万里之外女儿家的猫咪，几乎完全一样，我认出这是一只英短白渐层。我心头一热，立刻回屋喊妻子：

"老婆快来看，这只小猫咪是只英短白渐层，你看它可怜的样子，这么冷的天，它会被冻死的。"

妻子应声而出，来到我跟前。我接着说：

"你看它和咱家吉祥长得一样，应该是家猫咪。"

见到妻子过来，它立刻迎了上去，在妻子的腿边边蹭边喵喵地叫着，和妻子"套近乎"。妻子俯下身，爱抚地摸了摸它，它立刻仰起头，冲着妻子撒娇。

"咱们得管它，它是家猫，没有野外生活能力，这么冷，它会被冻死的。"我重复着说道，有点儿央求的口吻。

"那好，咱们回家吧。"妻子说完就示意它往家走。它完全领悟了妻子的意思，紧跟在妻子后面，我跟在它后面回家了。

妻子给它洗了澡，掏了耳朵，用了驱虫药，喂了猫粮、猫条和肉罐头，还给它起了个好听的名字——迎福。

迎福，我们家的新小主。

12月13日，星期三。

上午8时30分，侯医生给我打来电话，主要内容是：每天给小如意换药时它都非常疼，我们这的医生看了也很心疼，国外有一种用罗非鱼皮做的纱布，能减缓伤口的疼痛，是一种成熟的产品，国内目前还买不到，我们今天计划按照国外的方法，试着用罗非鱼皮制作纱布来护住伤口，因为是第一次试用，所以要经过家属的同意。

"小如意确实很不容易，每天都要经历这么大的痛苦，我们会尽量想办法减少它的痛苦，这个试验没有什么危险，请你们放心。"侯医生说道。

我们表示同意的同时，妻子对侯医生表示了由衷的感谢！

侯医生最后说道："刚才检查如意的伤口，上面的肉芽发育得还可以，待皮肤炎症有所控制，我们还是要尽早安排做皮肤缝合手术，避免大面积感染造成败血症。"

撂下电话，侯医生发来了宝贝伤口的照片，照片上能清晰地看到肉芽生长情况，现在只有在这里我们还能看到宝贝身上最后仅存的一点儿生命之光！

9 时 05 分，侯医生发来消息："今天复查一下血液指标。"

"又要抽我宝贝的血了！"我的心也在流血。

10 时 07 分，韩医生发来病情通报：

昨晚体征：呼吸 28—32 次 / 分钟，心率 188—204 次 / 分钟，体温 38.2—39.2 摄氏度。

精神状态：尚可。

饮食饮水状态：饲喂 60 克皮肤处方粮粉，自主进食 1 根猫条 +5 克处方粮，自主饮水。排尿 3 次，未见排便。

治疗计划：消炎，抗真菌用药，处理伤口换药等治疗和护理。

同时发来了宝贝的视频和照片。

12 时 09 分，侯医生发来消息："今天检查炎症很高，生化指标正常，肝酶正常，稍晚一些，电话跟您说下具体情况。"

韩医生发来了今天的"实验室检查结果"单，上面"红"字项很多，共有 8 项，其中 SAA(猫血清淀粉样蛋白) 结果值 :126.47, 单位 :mg/L, 参考值 : 2。

检查结果单上还有两项绿字，绿字显示指标低于正常指标。仅仅过了三天，宝贝的身体状况急剧下降，这让我们万分不安。侯医生了解我们的心情，因此，要等到她有时间，电话里直接沟通。

16 时 42 分，侯医生发来了小如意伤口上裹着罗非鱼皮的照片。鱼皮和宝贝的皮之间，好像是用细不锈钢丝连着，这些钢丝就像是扎进了我的心里，疼痛难忍。

17 时左右，侯医生给妻子打来了电话，讲了很多安慰的话，侯医生说：明天上午医院里相关专家过来，专门为和如意会诊，更多情况要等明天会诊后，再和我们沟通。

12 月 14 日，星期四。

今天侯医生没有上班。

上午 9 时 15 分，白医生发来病情播报：

昨晚体征：呼吸 28—32 次 / 分钟，心率 180—212 次 / 分钟，体温 38.3—39.7 摄氏度，目前体温 39.1 摄氏度尚可。

精神状态：尚可。

饮食饮水状态：饲喂 73 克皮肤处方粮 + 自主进食湿粮 20 克，自主饮水。排尿 2 次，未见排便。

检查计划：暂无。

治疗计划：消炎，抗真菌用药，处理伤口换药等治疗和护理。

同时发来了宝贝吃湿粮的视频，我只看到宝贝的头，看不到宝贝的眼睛。

10 时 28 分，妻子给今天的主治医生发去了微信："田医生好！我们看过病情播报，发现小如意已经 5 天没有排便了，是否需要用什么方式促进排便，我们担心会影响到肠胃健康，造成后续治疗困扰。"

田医生回复："周二排过一次，就是量不大。"

接着侯医生也发来了微信："昨天换药时排了，还不少，形态挺好的，不好意思，忘记记录了。"

妻子在微信里表示了理解和感谢。

16 时 16 分，白医生发来消息："如意的药敏结果出来啦，耐药很严重，目前敏感的用药里我们给加上了头孢舒巴坦钠，另一种敏感的用药肾毒性比较严重，暂不考虑。咱们这两天先看看，加上头孢舒巴坦钠的炎症情况。"

同时发来了"兽丘参考实验室"的"微生物检测报告书"。报告显示，小如意目前能用的抗生素药只有一种，就是白医生讲的头孢舒巴坦钠，而耐药抗生素几乎囊括了所有的药种，包括：青霉素、阿莫西林、庆大霉素等各类头孢在内的十九种药品，看来给我们小宝贝留下的逃生空间确实很少。

19时35分，侯医生发来微信："如意因为长时间的治疗用药，导致了超级耐药菌的出现，能用的药物太有限了，原则上头孢类的药物其实效果都不好，但没有其他能用的了，我们先用药看看指标会不会有好转，希望小家伙加油。"

妻子回复道："是的，小家伙病程太长，不过好在遇到你们了，相信一切会好的，小如意加油！我们也一起加油！非常感谢你们为小如意所做的一切！"

我们和宝贝都在痛苦的煎熬中，度过了又一天。

12月15日，星期五。

上午9时22分，白医生发来了小如意的病情播报：

昨晚体征：呼吸20—24次/分钟，心率198—210次/分钟，体温38.2—38.7摄氏度，目前体温38.4摄氏度，尚可。

饮食饮水状况：饲喂73克处方粮粉，自主饮水。排尿2次，排便1次，形状正常。

检查计划：暂无。

治疗计划：消炎，抗真菌用药，处理伤口换药等治疗和护理。

同时发来了18秒的视频，我没有忍心去看。

到了晚上18时11分，妻子给白医生发消息，询问伤口使用了鱼皮后的效果如何。白医生回复道："伤口比较稳定，鱼皮的保湿效果不错，但鱼皮脱落比较快，咱们今天更换了更好的银离子敷料。真菌的治疗效果，需要用药一段时间后，咱们再请皮肤科大夫复查看看情况如何。"

妻子回复了感谢的话。

12 月 16 日，星期六。

上午 9 时 12 分，白医生发来如意的病情播报：

昨晚体征：呼吸 20—24 次 / 分钟，心率 188—208 次 / 分钟，体温 37.6—38.3 摄氏度，目前体温 37.8 摄氏度，尚可。

精神状态：尚可。

饮食饮水状态：饲喂 70 克处方粮粉，自主饮水。排尿 3 次，排便 2 次，形态正常。

检查计划：血常规、saa 炎症、EC8+ 血气离子。

治疗计划：消炎、抗真菌用药、处理伤口换药等治疗和护理。

同时发来 15 秒小如意的视频，视频中的宝贝没有精神，没有力气，没有任何表情，眼神呆滞。

在宝贝最需要爸爸妈妈的时候，我们却没有在宝贝身边，是不是宝贝觉得，爸爸妈妈不管它了，我们好悔恨！

11 时 42 分，白医生发来微信："如意小朋友的化验结果出来啦，炎症指标有所下降！咱们继续消炎治疗，小如意真棒！钠离子偏低，可能和伤口渗出会丢失一些有关。咱们今天稍微补充一些氯化钠。小如意继续加油！"

同时发来了实验室检查结果报告，报告上 10 项指标偏高，其中 SAA（猫血清淀粉样蛋白）结果值 70.69，比 13 日的检验结果下降了 55.78。

"检查报告收到，我们看看，如若有问题，再咨询你们吧。谢谢！"妻子回复。

我感觉小宝贝身体实在是太弱了，这样下去根本就挺不到手术。于是，我给侯医生发了微信："侯医生好！是不是应该给小如意增加营养？我感觉它身体很弱，有没有像人用的，增加免疫力的营养液之类的，可以输液注射！比如球蛋白之类的！谢谢！"

"我们先把吃饭的量增加一些，您带了不少营养品，其他就先不用了。"

"之前机体的消耗，和它一直的高炎症有关，看看现在炎症好转的情况下，增加进食量是否能有改善。"侯医生回复。

"嗯，好的！拜托！救救它！它好可怜的！"我哭了。

"我们会尽力的。"侯医生答。

晚上6时41分，邓医生发来了宝贝17秒的视频，妻子看后给邓医生回复："邓医生好！小如意这两天眼睛好像睁不开，是精神头儿不好，还是真菌引起的？"

"特别虚弱的样子，可怜的小家伙哟！"

白医生回复："小如意确实这两天精神没有之前那么好，但今天的指标其实还算不错。明天请皮肤科大夫再复查一下，另外，也会请内科大夫一起看看小如意。"

"白医生好！等明天会诊结果吧，希望小如意一切安好，小如意已经很努力很坚强了！真希望它好起来，也没白遭罪！"妻子流着泪回道，"非常感谢医生美姐姐、帅哥哥们的尽心照顾，感谢！感谢！"

"您太客气啦，小如意真的很不容易，我们也希望它能坚强地渡过难关，慢慢好转起来！加油加油！"白医生回道。

深夜我和妻子怎么都睡不着，思念、牵挂、心疼和担心围绕着我们，这种纠结的情绪使人精神崩溃。最后，在夜里11时24分，妻子又给侯医生发去了微信：

"侯医生您好！这两天看到小如意很是虚弱的状况，我们很是担心，难以入睡。明天的会诊，若是有什么好的方案，或是特别用药，只要对病情有益，该用的咱们就用上吧，小家伙太遭罪了！深夜打扰真的很抱歉！"

这条微信我们主要是要表达两层意思：一是如果他们集团公司有更好的医院，比如国外，能够转院治疗，希望他们不要担心治疗费用，我们会承担的；二是如果有特效药，再贵我们也同意用，同样不要考虑费用问题。

"好的，明天巡诊后跟您联系。"侯医生回复。

人往往在极度忧虑时，就容易只想自己，不顾及别人。

时间已经过了夜里零点，到了零点二十二分了，此时妻子在煎熬中，又给白医生发去了微信："白医生好！看小如意虚弱的模样，很心疼亦很担心，难以入眠，想到小家伙平时很爱干净，戴着项圈没法洗脸，没法清洁自己，要麻烦你们给小朋友洗洗脸，擦擦眼睛和小耳朵。真菌困扰着就更需要清洁了。这些天我们因故不能去看如意小朋友，就拜托你们了，非常感谢！感谢感谢！深夜打扰很抱歉！"

"您客气啦！好嘞好嘞，咱们多给小如意清理清理。"白医生在零点四十五分给了回复。这时，如果是我，我一定会这么想：真麻烦！还让人睡觉吗？

是呀，不就是一只普通的小猫咪吗，半夜都搅得人睡不好觉，真有这么重要吗？

几个月来，我每天拎着小如意从小区里走出走进，邻居们也在想这个问题，曾经有位邻居直接问我："这是只什么猫咪？得值多少钱？"我笑着说："无价！"

其实它就是只既普通又弱小的小猫咪，到现在它也不到一岁。也正是因为它是一只弱小的小猫咪，所以在被恶人的铁套伤害后它无力将箍在腹部的铁丝拿掉，这使得它成为一只不再普通的小猫咪，变成一只受了伤的小猫咪。

因为它受伤和我们结缘，从此它的命运就和我们连在了一起。从那一刻开始，它，一个小小的生命，在我们的救治下，承受了人类都难以承受的痛苦，这些苦难重重地积压在我和妻子心里，慢慢熔炼成晶，得以升华，融入了我们的机体和灵魂。

升华了的晶体以粒子的形式存在，使我们和它心心相印；以波的形式传播，使我们与它脉脉相通。

因此，它伤口疼，我们心疼；它伤口流血，我们流泪；它遭受苦难，我们经历劫难。

还能说它只是一只普通的小猫咪吗？

它是我们的孩子。

这些旁人又如何理解？如何能理解？

零点五十一分，妻子又在美联众合和如意微信群里发了消息："白医生，添麻烦啦，特别感谢！谢谢你们大家，为小如意付出的辛苦！谢谢你们大家，给予小如意的关爱！感谢感谢！"

妻子的心声在夜空中传递。

没有回答。

但我们坚信：小如意收到了！

第十七章　不舍与无奈

我和妻子在焦虑中度过了一夜。

家里养狗的最大益处是不能睡懒觉，得按时起床。它们比闹钟还准时，到时间必须叫醒你，陪他们去晨练。

12 月 17 日，星期日。

上午 9 时 02 分，白医生发来了宝贝 15 秒的视频，它在自主饮水，这是从 11 日和它分手后，它精神状态最好的视频影像，我们仿佛又看到了希望。

9 时 08 分，白医生发来了小如意的病情播报：

昨晚体征：呼吸 24—32 次 / 分钟，心率 180 次 / 分钟，体温 37.1—38.1 摄氏度，昨日体温偏低，目前体温 37.6 摄氏度，尚可。

精神状态：轻度沉闷。

饮食饮水状态：饲喂 84 克处方粮粉，自主饮水。排尿 3 次，暂未排便。

检查计划：电解质、血氨、乳酸、肝酶 ALT、肝酶 ALKP、超声查看胸腹腔是否有积液情况。

治疗计划：消炎，抗真菌用药，处理伤口换药等治疗和护理。

接着，白医生发来微信："您好，早上侯大夫、皮肤科王大夫和内科耿大夫一起，巡视过了小如意的情况，皮肤科这边调整了用药频率，内科大夫这边考虑到之前如意用过较长时间激素，另外长时间炎症情况，怀疑出现全身炎症综合征等情况，今天会给如意复查一下电解质和部分生化指标，另外看一下胸腹腔积液情况。"

能够感觉到医院在积极救治宝贝，就是又要抽宝贝的血，让我一阵心疼。

10 时 01 分，妻子回复道："白医生，病情播报及巡诊情况收到了，心情忐忑！小如意只能是拜托你们了，现在已经开始治疗，无论怎样，希望你们全力以赴，我们等待小家伙的好消息！拜托拜托了，感谢感谢！"

中午 12 时 38 分，白医生发来了实验室检查结果报告，其中 LAC（乳酸）：结果值 3.04，单位 mmol/L，参考值 0.60—2.50。紧随报告发来了微信："您好，如意的化验结果出来了，肝酶指标、血氨指标都正常，今天离子指标也有好转，但是乳酸指标偏高，结合之前如意的长期炎症情况，提示可能出现了全身性炎症综合征。中午检测如意的血压，也有一些偏低。目前，一方面还需要积极使用抗生素抗炎，另一方面，去进行升压治疗。希望小如意能够加油，渡过这一难关。"

虽然我和妻子都是外行，但我们还是被这条信息里的危险信号震惊了，仿佛恐怖正在慢慢袭来，令我们浑身战栗。我立刻给白医生发了回信：

"白医生，咱们医院是界内的天花板，我们对此很有信心！相信小如意能够在此得到最好的医治，康复回家！"

13 时 05 分，侯医生发来微信："您好，给您拨了几次电话，没有打通。"

"您还有其他联系方式吗？"

侯医生直接联系我，这还是第一次，我预感到了事态的严重，赶紧回复：

"侯医生您好！我给您打电话好吗？您给我号码。"

随后，我按照侯医生给我的号码，拨通了侯医生的电话。

因为过度紧张，记不清当时自己都说了些什么，只能回忆起侯医生在电话里讲了两件事：1.小如意全身的血管大概率出现了炎症，她联系了一个厂家，正在研制专门用来监测动物血管的设备，该设备还没有投放市场，厂家答应免费提供一台，给小如意救急；2.她联系了中国农业大学动物医院的教授来给小如意会诊。教授了解了小如意的情况，回去研究一下解决方案，目前这边正在等教授的消息。再就是说了很多安慰我的话，相信她和我们的心情是一样的：治好小如意的伤，让它健康回家。她会尽全力的。

和侯医生通话后，我立刻同妻子商量：这个时候我们不能把小如意丢在医院里不管，最起码得有一个人守护在宝贝身边，一方面关心照顾它的生活，另一方面给它温暖，增强它战胜疾病的勇气。

妻子当即买了后天（12 月 19 号）中午的高铁票，明天准备一天，后天下午就可以到宝贝身边了。

16 时 47 分，白医生发微信：

"如意小朋友输上升压药物后，血压上来一些了，咱们继续加油！今天和主治大夫们商量了一下，计划将食物更改为罐头，稍后给如意小朋友开 2 个罐头先管喂，额外再继续让小朋友吃 vet 湿粮。"

妻子回复："白医生好！一切按照你们的治疗方案进行吧，需要的食物食品、营养品等，都计入费用结算即可。非常感谢各位的精心照顾，期待小朋友的好消息。感谢感谢！"

18 时 27 分，邓医生发来两段小如意的视频，她正在给它擦眼睛，宝贝应该是在流泪。

妻子看后立刻发微信询问：

"邓医生，宝贝儿眼睛怎么了？睁不开？"

"是因为疼痛还是什么情况？"

白医生回复："现在如意还比较虚弱，还在一直用着升压药物维持中。"

"哦！要麻烦你们费心照顾了，感谢感谢！"妻子回道。

"您客气啦！现在确实是一个艰难的时刻，希望小如意加油，渡过难关！"白医生回复说。

"如意加油！"侯医生加进来说道。

非常难忘的一天。

12月18日，星期一。

上午9时49分，医院照常发来了小如意的病情播报：

昨晚体征：呼吸20—32次/分钟，心率180—232次/分钟，体温37.4—38.2摄氏度，昨日体温偏低，目前体温尚可，血压70—110mmHg，今早血压110mmHg。

精神状态：轻微沉郁。

饮食饮水状态：饲喂84克芳粮粉，自主饮水。排尿7次，排便2次，形态偏软。

检查计划：电解质、血常规，SAA（炎症），ALB，心脏超声。

治疗计划：消炎，抗真菌用药，处理伤口换药，保温，升血压，高压氧等治疗和护理。

同时，我们看到了医院李大夫在治疗群里发的微信：

"宋医生，稍后李大夫把协议拟好，给家长线上签字，介于现在的病情、病史、年龄体重等，暂定1.7个大气压，稳定时间30分钟，建议每天一次。做高压氧前正常饮食，好好吃东西，避免血糖波动（在舱里大约一共一个小时）。"

下面是李医生发给我们的微信：

"目前有团购套餐，团购一次可以做三次。"

"先做三天，周四再评估体况，然后定之后的中兽医治疗频率和项目等。"

"您好，这是中医科高压氧3次团购的二维码，您扫描二维码支付就行。您付款结束后，需要把兑换码截图发给我们。"

宋医生发来了"高压氧治疗知情同意书"，需要我们回复同意，并签字。

妻子在知情同意书上签字，回复知晓风险并同意。

妻子按照要求购买后，于 10 时 18 分，给他们发去了订单详情的截屏。10 时 20 分，我们收到了宋医生发来的病危通知书和微信：

"您好，如意的家长，这是病危通知书，您在群里回复如意家长 xxx 知晓风险并同意。"

"真的很危险了？"妻子吃惊地问道。随后，妻子还是按照医院的要求，很快地发去了"和如意家长知晓风险并同意"的回复。

10 时 28 分，宋医生发来微信：

"和如意家长，现在宝贝的情况，血压暂时能维持正常，但需要在输升压药的情况下。同时体温也有点儿偏低，已进行保温，还是有些危险。"

"今天复查的结果还没有出来，出来之后再给您说一下结果，和下面的治疗方案。"

"好的，麻烦尽力吧，期待世间有奇迹！"此刻，妻子非常悲伤。

12 时 52 分，李医生发来了宝贝 16 秒的视频：宝贝躺在病床上，只有眼睛在晃动，应该是在找我们。

13 时 15 分，侯医生发来微信：

"和如意今天复查，炎症指标有所下降，但还是很高，乳酸也有轻度升高，炎症反应导致血管通透性改变，所以血压很难上来。目前还在积极输液治疗，希望能控制住血压。"

同时发来了两份实验室检查结果报告，和一份心脏彩超报告单，其中心脏彩超显示：未见异常。而血常规和合并 2 项问题很多，其中：

SAA（猫血清淀粉样蛋白）结果值：59.40，单位：mg/L，参考值：2。

另一份乳酸检查结果单显示：

LAC（乳酸）结果值：3.25，单位：mmol/L，参考值：0.60—2.50。

13 时 32 分，侯医生发来微信：

"由于小家伙血压不稳定，高压氧现在还没有做，之后，如果能维持住，再考虑高压氧治疗。"

紧接着宋医生也发来了微信：

"如意保温后体温也上来了，用着升压药，血压现在都处于正常，后期我们也会密切监测体况。等体况稳定后，再去做高压氧。"同时发来了宝贝16 秒的视频。

此时我们都紧张到了极限，实在忍不住了，虽然猜到侯医生此刻会很忙，但还是给侯医生打了电话。

电话里侯医生讲了很多专业知识，我能理解的就是：目前小如意的病情变化比较快，现在医院在尽最大努力控制病情，接下来还要看小如意自身情况。

其实我和妻子心里都清楚：晚了，一切都太晚了！我们早干什么呢？如果早点儿将宝贝送来这里治疗，情况肯定不是这样。哎！又是那个问题：哪有"如果"呀！

明天妻子要一个人去北京，去守护我们的孩子，去分担它的痛、它的苦。

夜已经很深了，我和妻子站在沙滩上，望着远处海市蜃楼般排着长队的货轮，上面高矮不齐、有远有近、忽明忽暗的灯光，向我们倾诉着远洋游子回归的喜悦与惆怅。海浪撞击着岸边发出一连串"啪啪啪"的声响，很像过年时燃放的鞭炮。今天是农历冬月二十六日，天空没有圆圆的月亮，只有一个像女人文过的眉毛样的月牙，羞答答地在淡淡的云层里浮荡。对面岛上的航标灯一红一绿不停地闪烁着，仿佛在为我们传播着最后的求救信号，虽然微弱，但那是希望之光！

是啊，我们的孩子，我们苦命的宝贝，我们的小如意，它有危险了，谁来告诉我们该怎么办。

大海啊，你如此宽广辽阔，又是如此深奥浩瀚！你海纳百川，从不藏污纳垢；你身居低位，却无所不能，你是造物主的宠儿，天之骄子，你无所不知，却从不向世间倾诉，祈求你为了我们的小如意，破一次天规，告诉我们：怎么办？

听到了我们撕心裂肺的呐喊，大海终于有了回应：一个巨大的海浪袭来，在我们眼前高高跃起，将海水重重地拍打在了我们的脸上。

今夜的海水和我们的眼泪一样苦，一样涩，一样咸！

深邃的夜空辉映着大海的波浪，冷风中传递着宇宙间神秘的气息，有一束星光穿跃在天与海之间，仿佛一颗流星，由远而近向我们飞来，很快又向遥远的太空飞去。

看着天空中飘浮着的星光，我的心为之一震：眼前的光亮是这般熟悉，仿佛早就储存在脑海里；又是如此神奇，唤醒我体内的某种能量，使得此刻的我心跳加速，意识剧增，思维扩展，就像进入高考现场。

我聚神观望：是的，那是小如意的眼睛，在远远地看着我们，闪动着哀伤的光芒。

空旷寂静的海滩上，我进入人们常说的"冥想"，仿佛回到了12月6日的晚上，对，就是那天晚上的感觉，我的宝贝用头压住我的手，张嘴咬住我食指时的感觉，这感觉是如此真实，真实得让我心颤：它究竟在暗示什么？

我环顾大海，仰望天空，收敛内心，寻找答案。

"不舍！无奈！"突然，这四个字涌入我的脑海，惊出一身冷汗！

对，就是这四个字。

原来我们的小天使早就知道了结果！

真相是多么可怕：如此悲壮、残忍和无解！

我失声痛哭，眼泪伴着迎面扑来的海水一起灌进了嘴里，注入心中。

我的心在颤抖，灵魂在煎熬中呼唤：

"宝贝，爸爸对不起你！"

"你怎么了？"妻子问道。

我把刚刚看到和想到的讲了出来，妻子听后仰望夜空，看着远方的星星，默不作声。

夜空里，大海终于为我揭开了真相。

此时的沙滩上除了海水，还有残留的泪滴。

12月19日，星期二。

上午9时49分，我们等来了小如意的消息，虽然我们心里已经清楚将要发生的事，但我们还是盼望奇迹。

庞医生发来的病情播报：

昨晚体征：呼吸28—40次／分钟，心率238—252次／分钟，体温36.8—39.2摄氏度，体温偏低，按需保温，血压90—110.4mmHg（持续使用升压药）。

精神状态：沉郁。

饮食饮水状态：饲喂197g罐头，饲管给水＋静脉补液。

排便排尿：排尿9次，排便1次，形状偏软。

检查计划：血气CG8+。

治疗计划：消炎，抗真菌用药，处理伤口换药，保温，升血压，ICU氧舱吸氧。

庞医生同时发来了情况说明：

"因为如意的全身炎症反应综合征剧烈，持续低血压，所以一直用升压药维持。循环受影响，所以缺氧风险也会增加，今天计划放入ICU氧舱（恒温、恒氧、恒湿）保障氧合。今天也持续检测和调整血压、心电监护。"

"整体还是比较危险的。"

没等我们回复，侯医生也发来了微信：

"昨天后来的情况无法进行高压氧的治疗，昨晚血压维持在 90mmHg，今天在氧舱吸氧，希望能对小家伙有帮助。我们也向领导申请了折扣，同意小家伙在氧舱内也维持之前的护理收费等级。"

宝贝的状况已经很清楚了。

妻子随后发去了两条信息：

"庞医生，病情收到，非常感谢你们全体医护的全力治疗，希望我的小如意坚强地渡过难关！"

"侯医生好，非常感谢您对如意尽心尽力的医治，事事处处为我们着想，申请费用折扣等，我们无条件信任您，感谢感谢！"

中午 11 时，我送妻子去山海关车站，妻子要去陪护我们的宝贝了。这是我们早就该做的，好悔呀！

12 时 08 分，庞医生发来了实验室检查结果报告单，其中：

pH（酸碱度）结果值：7.549，参考值：7.25—7.40。

GLU（葡萄糖）结果值：284，单位：mmol/L，参考值：60—130。

庞医生发来说明：

"如意今天的血气，主要还是呼吸性的问题，有低氧和过度换气，导致的低二氧化碳。氧舱吸氧，希望能帮助到如意。"

妻子在高铁上做了回复，表示了感谢和拜托。

下午 15 时 10 分，妻子在医院和我连线视频通话，妻子说："我现在和侯医生在一起，老公你要挺住，小如意应该是不行了，我们现在就带你去看小如意。"

看到躺在 ICU 里的宝贝，一瞬间我彻底崩溃了，我大声哭喊着："宝贝，宝贝，爸爸爱你！爸爸不让你走，宝贝不能走，爸要接你回家，回家……"

此时侯医生出现在屏幕里，我只听到她在说："您别这样，您别这样！"

我哪里还能自制，继续放声哭喊着："为什么？为什么呀？谁能告诉我呀？"

在我哭喊的间隙，我又听到侯医生的声音：

"医院不是万能的，我们确实尽力了！"

此时的我哪里还能听进去这些话，我大喊一声："我不听，我不信……"随后就关闭了手机。

我趴在书案上放声地、无所顾忌地、歇斯底里地，同时也是痛痛快快地哭着，无休止地哭着……

我在责问自己：这到底是怎么了？为什么现在回头看，过去的一切，一切的一切，全都是错的！每一次的选择是错，每一个决定也是错！全过程都是错，就没有一丝一丁的对！

是啊，这到底是怎么了？

我在痛苦中哭泣，在哭泣中回忆：就是一根细铁丝，一个小小的外伤，在我们的手里，经过八个月的求医治疗，宝贝经受了无尽的痛苦，今天却把它送进了ICU，送到了生命的尽头，让我如何面对如意、面对自己、面对未来？

这一切完全是因为我的无知和愚蠢。现在怎么办？没有改正的机会，没有纠错的机会，也没有赎罪的机会。

它是那么不舍和无奈！可我都做了些什么？

"如意，爸爸的宝贝，爸爸对不起你呀！"我痛哭着，呼唤着……

小米的敲门声把我惊醒，她来叫我去她家吃饭，高研要陪我喝酒。

"一定是妻子安排的。"我这样想着，立刻答应下来。因为此刻的我太需要向人倾诉，太想喝酒了。是啊，一个无能的懦夫，除了喝酒还能干点儿什么？

晚饭只有我们三个人，在小如意的事情上他们是最知情的朋友，有着和我们相同的情感和慈悲，他们懂得我的痛苦，我也愿意在他们面前倾诉，不做任何掩饰地诉说着心中的感受，自责和负罪感充斥着我的灵魂。

"我真的不明白为什么往回看全是错的，是的，每一步都是错的，其中没有一点点儿的正确。我们到底是在救它还是在害它，我真的搞不明白。"我咽了一大口啤酒（妻子电话里交代：不要喝白酒），毫无顾忌地说道。

"姐夫你也不要太自责，没有你们救它，小如意说不定早就没了。"小米劝道。

"是啊，那只是'说不定'，说不定就是什么情况都可能发生，说不定它被其他人救了，结局肯定就不一样了。没有比现在的结局更残酷的了，对小如意的伤害程度超出了所有人的想象，结果却是现在这样，这到底是怎么了？"

"退一万步说，如果没有我们救它，小如意不会受这么多罪，这一切的一切都缘于我的愚蠢无知，关键是现在一切都晚了，怎么办？真的不知道该怎么办了。"我一口气说了这么多。

"姐夫你不能这么想，没有人救它，伤口感染也很痛苦。"高研解释道。

"那是另外一回事。现在是我们给它增加了八个月的伤害，最后，还是没有救了它。"酒水也没有止住我的眼泪。

"姐夫你不是说过吗，小如意也许是为你挡难来的呢。"小米接着劝道。

是啊，以前好像我是这样想过，也这样说过。可是现在想想：我得有多大的"难"需要一个这么弱小的生命来为我承担，如果真的是这样，我宁愿自己承担，让所有苦难都降落在我身上，也不让宝贝受这么多的痛苦。我这样想着，然后说道：

"不！不能这样。我的'难'干吗让它来挡，它就是一只可怜的小猫咪呀！"

随后，我们说了很多关于小如意的事情，高研一直在劝我："凡事要往开处想，你们已经尽力了，小如意知道你们是在救它，它那么聪明，不会责怪你们的。"

他越是这样说，我心里越难过。

小米在一旁不断地夸赞着妻子："这么长时间余姐对小如意照顾得那么尽心，比照顾自己的孩子还心细，这一点一般人是做不到的，小如意在你们身上得到了爱，所以姐夫你就不要太难过了。"

"可小如意一直生活在病痛中，一天好日子都没能给它，让我怎能不难过。"我答道。

他们又把话题转移到小如意身上，回忆它是如何乖巧、懂事，又是如何聪明、伶俐，劝我别过度悲痛，小如意还在北京等我去接它，不能伤了身体。

对我来说，此时悲伤已经占据了所有，想到宝贝还在痛苦中煎熬，我的责任还在，我抑制住内心的悲伤，直了直身子。

妻子给小米打来电话，嘱咐她不要让我喝太多的酒，接下来还有很多事情要办。

小米转达了妻子的嘱托，我只好照办，不再举杯。

从小米家出来已经是半夜了，路上微弱的灯光在初冬的寒风里越发增加了凄凉的氛围，和我心中的伤感叠加在一起显得如此悲壮！

这就是书上经常形容的"心碎"的感觉吧！此时我的心碎了一路，在夜空里飘荡。

我躺在床上，两眼望着灯光，没有任何睡意，脑子里全是 ICU 病床上小如意的模样。几个月来，为了能救我的小如意，我不敢想，更不敢做一丁点儿错事，哪怕是车上的一个纸片不小心掉落到路上，我都要下去把它捡起。"莫以恶小而为之；莫以善小而不为之"是我每天行为的指南，我要为如意积福，保佑它早日恢复健康。

伤痛的心在黑夜里忏悔，灵魂在炙烤中游离，没有方向。

是妮子和小宝的叫声将我从半睡半醒中唤起，阳光透过窗帘的缝隙照射到屋里，不论是否愿意，太阳照常升起，新的一天到来了。

第十八章　心　念

12月20日，星期三。

上午9时10分，侯医生发来了小如意19秒的视频，同时发了文字点评："如意今天自己能抬抬头。"

妻子立刻回复："侯医生，是呀，精神头好些了，真好！小如意加油！"

9时27分，庞医生发来病情播报：

昨晚体征：呼吸24—36次/分钟，心率231—252次/分钟，体温37.4—39.7摄氏度，按需降温或保温，血压92–121mmHg（持续使用升压药）。

精神状态：稍沉郁。

饮食饮水状态：饲喂120g罐头，饲管给水＋静脉补液。

排便排尿：排尿6次，排便一次，形状尚可。

检查计划：暂无。

治疗计划：消炎，抗真菌用药，处理伤口换药，保温，升血压，ICU氧舱吸氧。

看着微信群里的图片、视频和文字，我的心被刀割一样疼痛，只想告诉宝贝：都是爸爸的错，爸爸对不起你！

10 时 07 分，我给宝贝发去了一首歌，《往事不堪回首》，同时写道："把这首思念的歌曲献给我的小如意，希望你能坚强地活下去！我想你！"

11 时 23 分，侯医生回信息："歌曲已经放给小如意听了，小家伙加油！"我回信息表示感谢！

12 时 59 分，杨医生发来了小如意输液的视频。

下午两点，妻子到医院看望小如意，随后和我通电话。妻子说小如意今天的状况比昨天好，自己能动了，妻子给它喂了点儿湿粮，还喂了点儿水。我觉得现在我们的守护对宝贝很重要，能增加宝贝活下去的信心。我和妻子商量：让她马上回来，将家里安排一下，我们开车一起去北京，住在宝贝附近，共同守护它。

妻子接受了我的建议，决定明天上午先到医院看望小如意，然后坐高铁回家，将家里的猫猫狗狗安排好，做长期守护小如意的准备。

晚上 5 时 33 分，杨医生发来了小如意 20 秒的视频：宝贝躺在病床上，眼睛睁得大大的，嘴巴不停地叫着，它在呼唤：爸爸、妈妈！

晚上我一个人在家中喝着"苦"酒。

是的，没有谁是英雄，看在什么时候。

12 月 21 日，星期四。

早上 9 时 04 分，白医生发来病情播报：

昨晚体征：呼吸 24—40 次 / 分钟，心率 178—264 次 / 分钟，血压 95—126mmHg（持续使用升压药）

精神状态：沉郁。

饮食饮水状态：饲喂 180g 罐头，饲管给水 + 静脉补液。

排便排尿：排尿 7 次，排便 1 次，大便偏干。

检查计划：EC8+ 血气离子，血氨。

治疗计划：消炎，抗真菌用药，处理伤口换药，保温，升血压，ICU 氧舱吸氧。

同时发来 16 秒小如意在氧舱视频,它连嘴巴都不动了,只是睁着眼睛等着。

白医生发来了微信:

"您好,早上外科田大夫和内科李大夫,巡诊过了如意的情况,今天计划给小如意复查一下离子的情况,另外检查一下血氨指标。"

9 时 40 分,妻子回复:

"白医生,病情收悉,非常感谢你们对宝贝的精心照顾。感谢感谢!"

此时妻子已经在去往医院的路上。

12 时 13 分,白医生发来了医院实验室检查结果报告,报告显示:

Na(钠):结果值 137,单位 mmol/L,参考值 147—162。

CI(氯):结果值 105,单位 mmol/L,参考值 112—129。

GLU(葡萄糖)结果值 197,单位 mg/dl,参考值 60—130。

白医生同时发来了情况说明:

"您好,如意的检查结果出来了,钠和氯离子又有一些偏低了,今天会再补充一些氯化钠,另外检测的小如意的血氨指标是正常的。"

妻子回复了感谢的话。

妻子中午 12 时 10 分到了医院,守护了宝贝一个小时,然后到北京南站乘高铁回山海关,下午 4 时 30 分,我接上妻子回家。

我们先是把妮子送到它原主人的家里。小宝因为出院不久,担心它着凉,所以决定把它和吉祥托付给康乐医院,我给陈院长打电话,拜托他安排一下。喜乐和迎福在家,由小米帮助照看。

一切安排就绪已经是晚上了。

吃过晚餐,妻子才和我讲起今天她去医院的情况,她说小如意可能真的不行了,应该是"败血症"了,医院主要考虑你的情绪,不忍心对你说出真相。

经过这几天的痛苦折磨,我连悲痛的力气都耗尽了,呆滞地躺在床上,任凭眼泪自由地流着，根本不再需要哭泣。

我在追问自己到底是哪里出了问题。是我们的心不够善吗？还是我们对宝贝的爱不够深？

不知道躺了多久，我从床上爬起来，走到书案前，拿起毛笔，在宣纸上写下了四个大字："老天不善"！

我把所有的情绪全部发泄在了这四个字上。

第二天早上，妻子看到了这四个字，用委婉的口气说道：

"老公，我知道你特别难受，但也不能这样，其实很多事情都是老天爷提前安排好的，责怪也没用，反而我觉得这样做对小如意不好。"

听妻子这么说，特别是有可能对小宝贝不好，我不得不收起内心的怨恨，同时也将那幅字折起来，陷入沉思。

是啊，上天有什么理由一定要折磨这么弱小的一个生命？老天又为什么非要将它收走？对它来说我又是谁？老天爷明明知道我无知又愚蠢，为什么偏偏选择了我？无数个为什么在我脑海里翻滚，找不到答案，头快要炸开了。

"莫不是老天让我帮助它重生？重生！对，重生！"

这个念头让我激动、兴奋，全身的血液直往上涌。对，既然我救不了它，我一定要让它获得重生。

如何才能让宝贝重生？接下来我该做什么？怎么做？答案在哪里？只能我自己去找。

我在屋子里转来转去，心在剧烈燃烧。

蓦然间，我看到了书案上颜真卿的"多宝塔碑"字帖，对着这本字帖我已经书写了三年了。字帖上"宝塔"两个字让我浮想联翩：我可以为宝贝修建一座宝塔，让我的天使如意宝塔重生！我异常激动，随即在宣纸上写下了八个大字：

"天使如意　宝塔重生。"

之后，我加上了字头："和如意珍存"，并落款盖章。

我把这幅字给妻子看，并说出了我的想法。

听了我的想法，妻子抬头看着我，不无怀疑地问我："建宝塔，你是不是病了，你在哪儿建宝塔？你哪有那么多钱建宝塔？即使有钱，谁会批准你建宝塔？"

她肯定认为我疯了。

于是我说："不知道，现在还什么都不知道，但相信我，一定能做到。"

妻子不再理我，忙着出发。

12 月 22 日上午 9 时 16 分，白医生如期发来了病情播报：

昨晚体征：呼吸 36—44 次 / 分钟，心率 180—240 次 / 分钟，体温 37.7—39.4 摄氏度，按需降温和保温，血压 98–110mmHg（目前已停降压药）。

精神状态：沉郁。

饮食饮水状态：饲喂 175g 罐头 +14g 粮粉，饲管给水 + 静脉补液。

排便排尿：排尿 6 次，排便 2 次，大便成型。

检查计划：暂无。

治疗计划：消炎，处理伤口换药，根据体温保温或降温，维持血压，ICU 氧舱吸氧。

同时发来了 17 秒宝贝的视频和语言：

"昨晚如意停升压药后，血压比较稳定，所以暂时没有使用升压药，今天继续观察。"

由于我们忙着去北京，所以没有及时回复。

我们要先到北京市顺义区，在那里的新国展店"格林豪泰"酒店预订了房间。我们准备入住那里，因为从那里乘地铁去医院看望宝贝比较方便。

吃过早餐，妻子开始做出发前的准备，整整忙到 11 时 30 分，我们才离开家。先到康乐医院安置好吉祥和小宝，然后朝北京驶去。

　　这是我们第二次走上京秦高速，第一次是 12 月 3 日，我们满怀着希望，带着我们的宝贝，一起行驶在这条路上。谁能想到短短二十天，当我们再踏上这条路时，我们的宝贝就变成了现在这样！

　　16 时 40 分，我们到达格林豪泰新国展快捷酒店，办理了入住手续，然后开车到后沙峪地铁站，将车停放在地铁站停车场，换乘地铁去看望我们的宝贝。从后沙峪地铁站到大屯路东有十站地，不需要倒车，很方便。

　　17 时 20 分，我们到达大屯路东，出地铁站后，沿着熟悉的老路往医院走去。在经过汉庭酒店门前时，我们走到卖烤红薯的老汉和燃烧着的火炉旁，看着跳动的火苗和熟悉的面容，站在炉旁烤了烤手，分不清是暖还是凉！老汉抬头看了看我们，见我们没有买烤红薯的意思，又低头抽起烟来。

　　我们继续往前走，前面空荡荡的，没有见到卖手机配件的高个子年轻人，心里不免有一点儿失落。他可能从来没有理会到我们的经过，可在我的心里早已经把他当作熟人，是"陌生的朋友"，有一种"同是天涯沦落人"的感觉，同时还是我们经过这里时的一个念想，慰藉着悲伤的心灵。

　　当我们走进宝贝的病房时，妻子拉住我的胳膊嘱咐我：一定要控制住情绪，不要惊着了宝贝，别让它太过难受！

　　我控制不住眼泪，强忍着悲痛来到宝贝跟前。宝贝躺在病床上，ICU 监测仪连接着宝贝的身休，我轻声说道："宝贝，爸爸来了！你看看爸爸！爸爸来看你了！"只见我的宝贝用尽了全身力气将头抬起，眼睛使劲看着我。然后无力地躺了下去，眼泪从它干枯的眼睛里涌出。我再也忍不住了，放声痛哭起来："宝贝，爸爸的宝贝，你告诉爸爸，为什么爸越是救你，你就离爸越远？为什么这一切全都是错的？全都是，这是为什么呀？是爸爸无能啊，都是爸爸害了你！爸爸对不起你呀！宝贝……"

　　不知哭声是否惊动了上天，却着实惊着了周围的医护，他们纷纷上前劝慰，妻子把纸巾塞进我手里。

我停止了哭喊，将手放在宝贝的头上、身上，轻轻地抚摸着，恨不得把我身上所有的爱全部传递到宝贝心里。我要告诉它：爸爸、妈妈是多么爱它、心疼它，一直盼望它好了以后回家，我们好好照顾它，好好过日子。

妻子为宝贝擦着眼泪，我能够感觉到她也在流泪。

我从包里取出那幅字：

"和如意珍存

天使如意　宝塔重生"

我将字幅展开，与宝贝合影。

这是如意生前最后的照片。

和宝贝合影后，我被妻子劝出了宝贝的病房，独自来到二楼的转角处，这里应该是客人的临时休息处，我坐在沙发上放声痛哭起来，相信眼泪能够洗刷悲伤！

妻子守着宝贝，与宝贝说着家里的事情："家里又来了一只小猫咪，妈妈给它起名叫迎福，寓意是迎接如意回家，幸福团圆。吉祥也想如意了，盼着你早点儿回去；还有喜乐，它的身体好多了，早就不拉肚子了，就是走路没有力气，还是那样的趾高气扬。"

已经是晚上八点钟了，我们和宝贝告别，让它无论如何都要坚强，爸爸妈妈永远爱它！

不记得是怎么从医院里走出来的，只记得当时连说话的力气都没有了，彼此默默地往回走。冬天的夜晚温度很低，我们谁都没有感觉到冷，因为我们的心情比外面的气温更低。

我们背负着痛与悔，怀揣着慈与悲，机械地往回走着。"宝贝没了"，是的，宝贝没有救了！我们心里都很清楚，只是谁都不说，谁都说不出口。

当我们走到烤红薯的炉火跟前时，我停住了脚步，双眼直愣愣地注视着火炉里不停跳动的火苗，在火苗一闪一闪的跳动中，我仿佛看到了小如意肚子上的伤口：红红的伤口上闪现着稚嫩的肉芽，在火苗的晃动下若隐若现，不断地流着血……

此刻的心像是被炭火烧灼般的疼痛。我不能再看下去、再想下去，必须马上离开。

我领着妻子向前方走去。

黑暗中我突然拉住妻子的手，说了一句连自己都不敢相信的话："我们让宝贝走吧！"

妻子看看我没有说话，只是默默地点了点头，脸上挂满了泪滴。

"看来她已经有了思想准备，只是没说，或是等着我说。"我这样想着。

这是一生中我做的最艰难、最痛苦的一次决定。当时我不清楚这个决定对我意味着什么，直到宝贝真的走了，我才真正明白：在生死劫难中，死亡是劫难的终结，而生者则是劫难的开始。

是的，对我们来说劫难刚刚开始。

几乎一天没有吃东西了，我们来到宾馆附近的一个饭店，我要了两个菜和一盆粥，还要了一瓶三十几度的米酒，能让我抑制住此刻痛苦的只有这玩意，我感觉自己就是人们常说的懦夫，我恨自己。

等待上菜期间，妻子说要给宝贝买新衣服，于是她在手机上搜索附近的宠物用品商店，很巧的是距离我们只有150米的地方就有一家宠物用品商店，妻子让我在饭店等候，她前去看看。

妻子离开不久热菜就上来了。泪水滴落在酒杯里，我端起酒杯连同泪水一起咽下，苦哇。

服务员端上来一盘水饺，说道："今天是冬至，这是店里赠送的水饺，祝您冬至愉快！"

"冬至！"今天是冬至，说明冬天就要过去了，春天就要来了，可我们的小如意再也看不到春天了！

多么残忍的时光啊。

妻子回来了，她为宝贝买来了内衣和漂亮的、带黄色毛绒的外衣。她一边将衣服展开给我看，一边说道："我要买一件能护住宝贝肚子的内衣，店家老板为我翻箱倒柜，费了好大劲儿才找到这件让我满意的内衣，我很感谢她！"

"你看，这件外衣好漂亮，给宝贝穿上一定很好看。"

我看着妻子给宝贝买的新衣服，喉咙哽咽着，一句话也说不出来。

我们都无心吃饭，我喝了半斤多酒，妻子喝了点儿粥，把菜打包带回了宾馆房间。

这是我们住过的最小的房间，除了一张双人床，房间里只有一侧有一个床头柜，床的下方是镶嵌在墙上的吧台。吧台有三十厘米宽、两米长，上面放着烧水壶和一本宾馆宣传册。房间很整洁卫生，我们将皮箱放在进门的地板上，上面可以放置衣物。在长条吧台和床之间有一个凳子，瘦人坐在上面前胸要贴着台面，胖人根本坐不进去。

妻子半靠在床上翻看着手机，应该是在与医院沟通明天宝贝的事宜，我坐在凳子上，面前摆放着事先准备好的笔、墨和宣纸，我要为我的宝贝提前写好挽联，明天肯定没有写挽联的时间和条件。

宝贝刚刚的呼唤已经成为回忆，我强忍着悲痛，回忆着过去，我要把对宝贝所有的慈爱、情怀、自悔、惋惜、心疼、不舍和无奈，都写进这副挽联里。

我写了一副又一副，没有一副能让自己满意。此时我才知道自己是多么才疏学浅，上不了台面。

夜已经很深了，我翻看着面前的词句，终于发现一个问题：所有的挽联中都充满了痛苦和悲哀的情绪。

"难道这真是宝贝想要的吗？"我反复问自己。

是啊，宝贝痛苦了一生，就要彻底解脱了，我不能将痛苦在挽联中延续，我要走出悲哀，将爱和思念传递！

终于在天亮之前，我完成了最后的心愿：

上联：亲人间你舍下我驾鹤西去

下联：晚霞里我看见你笑容如意

是的，宝贝永远都活在我们心里！

妻子一直没有入睡，她莫名其妙地拉肚子，不时往卫生间跑，搞得她既疲惫又狼狈。

"这是我们的孩子、宝贝小如意在人世间的最后一个黑夜，希望宝贝不要害怕，爸爸、妈妈时刻陪伴着你！"

我的手在颤抖，今天的日记，只能写到这里。

第十九章　永　别

2023 年 12 月 23 日，星期六，农历十一月十一日。

这是一个时光刻入我灵魂的日子，即使肉体不在了，它也将跟随我的灵魂永存。

早上 5 时 40 分，我从梦中醒来，多想梦到我的小如意，可能是喝了酒的缘故，什么都记不起来。

虽然只睡了三四个小时，但一点儿都不觉得困，好像有一种超能量在支配着我的精神。这种超能量或许来自悲伤和痛苦，还有不舍和无奈。正是有了它，才能让我不知饥饿、不觉困乏地忙活着。

妻子折腾了大半夜，现在好像是睡着了，我轻轻起来，到卫生间里接着写夜里到凌晨的日记："我不能就这么让宝贝走了，宝贝的苦难不能白受，如果真有灵魂，我要为宝贝祈祷，帮助宝贝去天堂；如果有来世，我要让宝贝获得重生！"

时间到了早上 7 点钟，我悄悄走下楼去找药店给妻子买药。手机导航显示不到三百米就有一家药店，我跟随导航来到这家药店。门开着，我是今天第一位顾客。

7时30分，妻子醒了，起床后先吃了药，然后我们去宾馆餐厅吃早餐。

8点钟，我们开车来到后沙峪地铁站，将车停好后，乘地铁去医院，安排我们宝贝的后事。

巨大的悲痛会使人的精神崩溃，感觉生不如死。在地铁上我看着周围的人，觉得这里所有的人都比我幸福、比我快乐，我体会到了生离死别的滋味，感受到了绝望和痛心疾首。泪水不停地夺眶而出，热血在喉咙里来回滚动，这种想哭又哭不出来的感觉好痛、好痛！

不想引起别人的注意，我不停地将泪水擦干。我抬头看到了坐在对面的妻子，已经好多天没有注意她了。只见妻子长发凌乱、面容憔悴，一颗颗豆大的泪珠从眼睛里涌出，流到嘴角，妻子时不时地用纸巾擦一下，低着头揉搓着双手，默不作声。

她在默默地忍受。

妻子的模样深深地刺痛了我的心：是啊，这些天我只顾自己悲伤痛苦，一点儿都没有关心妻子的伤痛，她是个多么美丽善良的女人啊！自己背负着巨大的伤痛，还要关心照顾我，照顾我的感受。她比我坚强，更比我柔情！

我为此深感自责：我不能倒下，否则妻子怎么办，家怎么办，还有老母亲，还有好多好多……

我好像领悟到了什么，暗暗下决心：我要好好地活下去，照顾好老母亲，好好爱护我的妻子，爱护我的家，这是责任。

我要用所能、所有、所知、所行，使小如意重生！

9时50分，我们来到了医院。

我轻轻地走到小如意的床前，这是我们的永别！

宝贝知道我来了，它看到了我，努力地想将头抬起，但没有做到。它用力张了张嘴，没有声音，只有泪珠流出眼角。这是不舍的眼泪、无奈的眼泪，也是永别的眼泪！

我无法控制自己的感情，大声哭喊着："宝贝，爸爸的宝贝，爸爸无能，爸爸救不了你，爸爸对不起你！爸爸让你受尽了苦难，爸爸舍不得你呀，爸不能没有你，爸爸爱你！为什么呀？苍天呐，这到底是为什么呀？"

我声嘶力竭地哭喊着，妻子和医护人员将我从宝贝跟前拉开，劝我冷静冷静。我不得已走出了病房，独自来到楼梯口，坐在昨天坐过的沙发上，继续着我的悲伤……

不知过了多久，妻子走过来将我叫醒，告诉我白医生有事找我们商量。我跟随妻子来到病房前，白医生说：她们医院为我们联系好了火化场，小如意的最后时间安排在今天中午的 12 时 30 分，之后我们可以带着如意打出租车去火化场。火化场在顺义区，大概有四十几千米。也可以回去开车到火化场等着，火化场派车过来接小如意。

对于这样的安排我和妻子都感觉不妥，宝贝不能离开我们，我们也不能带着宝贝坐出租车，那样会惊着宝贝。于是我们决定回去开车来接宝贝，当时是 10 时 40 分的样子，两个小时应该能赶回来。白医生同意了我们的意见，她表示会把一切准备工作都安排好，叫我们放心。

离开如意的病房之前，我转过身面对着房间，向白医生和病房里所有照看过小如意的医生、护士，深深地鞠了一躬！

这时我已经没有力气，默默地走到宝贝身边，轻轻地抚摸了它的身体和头部、脸部，所有能抚摸到的地方，心里呼唤着宝贝的名字，告诉它：爸爸是多么爱它，多么舍不得它，爸爸对不起宝贝！

我流着泪离开。

我们沿着来时的路往回走，多么熟悉的路。我们有太多的话要和你说，有太多的苦要和你诉，你承载着我们数不尽的希望和伤痛，你见证了我们的悲伤和无助！也许这是我们最后一次向你倾诉，以后，我们和你还有没有以后？

11 时 40 分，我们到达后沙峪地铁站。

我们开车跟随着手机导航的路线前行，不久就上了京承高速。根据导航上显示的时间，最晚也能在 12 时 30 分到达医院。在京承高速上行驶了十几分钟，就被前面的车队堵上了，导航显示前方七千米处有事故，大概通过时间要三十分钟，看起来约定的时间是到不了中转中心了，这种情况着急是没有用的。

"老公别着急，一切都是天意，也许是老天不让宝贝这么早走。"妻子怕我着急，劝解道。

我们耐心地等待着，车在缓慢前行。

12 时 31 分，妻子在美联众合微信群里给白医生发消息：

"白医生，路上堵车，稍晚一点儿到，添麻烦了，抱歉！"

白医生回复："好嘞，知道了，不急不急。"

13 时，我们到了医院。

妻子的坚强对我是莫大的安慰。她劝我不要再上去看宝贝了，如果控制不住情绪会惊着宝贝，还是让它安静地走更好，不要让它再伤心流泪。

妻子说："我会把宝贝的身体擦拭得干干净净，给它穿上新衣服，告诉它爸爸在下面等它，爸爸妈妈是多么爱它！我还要在医院里为它拿一条新毛毯，你在这里等我们，放心吧，我会让宝贝安详离去！"

我听从了妻子的劝说，同时，我也没有了再上去看宝贝的力气和勇气。

妻子擦了擦眼泪，慢慢地走进了楼里。

过了几分钟，我擦了擦眼泪，下车向医院里的卫生间走去。从医院大门到卫生间，中间需要经过门诊部走廊，一侧的椅子上坐满了等待就诊的宝贝和它们的主人。我低头走着，心里想的全是小如意。突然眼前一亮，无意间看到了一只很小的三花猫，它长得简直和我的小如意一模一样。怀抱着它的是一位干净利落的中年女士，长长的披发里是一张慈善的面庞。我愣了一下，停住了脚步，站在她面前，伸手摸了摸小猫咪的头，说道："您的三花猫真漂亮！"

女士见我如此喜欢和夸奖她的猫咪，很是愉快地说道："嗯，谢谢！"同时低下头去将猫咪爱抚地往怀里搂。

"我也有一只和它一样的三花猫，今天，现在，它就要走了，我想救它，但是……"我一边伸手摸着猫咪的头，一边嘟囔着连自己都听不懂的语言，此时的语音应该是哽咽和混沌不清的。

女士略显惊愕地抬起头看了我一眼，然后迅速地抱着宝贝躲开了。

我当时的样子一定是吓着她了，真的对不起！

13 时 35 分，妻子抱着宝贝走出了医院的大门。白医生拿着宝贝的遗物，跟在妻子的身后。

我赶紧从车上下来为妻子打开后排车门，掩护着妻子和小如意上车，然后接过白医生手里的物品，放在车上。我和妻子同时对白医生说着感谢的话，随后，我再次向白医生和整个医院深深地弯下了腰！泪水洒落在医院的大门前，心破碎了一地。

按照事先白医生发的位置，我们跟随导航前往"北京市顺义区採摘路与天北路交叉口"，白医生交代我们，到了那里后先给"彼岸忘川火化"客服打电话联系，他们会尽快安排车辆过去接我们。

妻子用殷红色的新毛毯把小如意裹得严严实实，紧紧地抱在怀里，不停地和宝贝说着话："宝贝，咱们上车了，上咱们家的车了，这是宝贝的车，对吧，是宝贝每天都坐的车，爸爸开的车，是吧！哎哟，瞧瞧我们的宝贝，睡着了，宝贝没有痛苦了，以后宝贝再也不受罪了，宝贝再也不用打针了，是吧？也不用换药了。我的宝贝哟，好好睡觉吧，妈妈抱着宝贝呢……"

我想看看宝贝，妻子不让，她说："等到了地方再看吧，让宝贝安静休息，你好好开车。"

二十一天，整整二十一天，我们就这样离开了这里！

无尽的感慨、悲伤、痛苦和失望，随着汽车的一声长鸣，撕裂了这里的天空，随风而去。

我们很快离开了北京城区。现在已是下午两点钟了，冬天的北京夜长昼短，太阳已经走到西南方向。我们在京承高速上径直向北行驶。这里视野开阔，天空晴朗。太阳斜照在车窗上，公路两侧没有融化的冰雪在阳光的照射下反射出耀眼的光亮。这种天然美景与我们此刻的心情几乎完全相悖：心在淌血，眼在流泪。

妻子不停地调整着坐姿，始终将宝贝搂在怀里，说着爱抚和温暖的话。

"今天是宝贝的忌日，应该下雨或者下雪才对，起码也应该是阴天。"看看窗外西斜的阳光，我不禁这样想。

我们在笔直的高速上极速行驶，前方空旷的视野将天地连在了一起，仿佛我们就要驶入天堂。

突然，我看到远方，是很远很远的天边，从地平线的下方升起的浓浓的气流，像玻璃纤维一样弥漫着整个天空，气流中透射出紫罗兰色的奇异炫光，在天空中凝聚成波浪状光团。光团从东向西快速延伸，在太阳的照射下，整个天体玄景万象，远远望去犹如琉璃般的海洋！

我被眼前的天象所震惊，这是我见到的最奇特、壮观的景象，刻入脑海，永不会忘。

第二十章　回归

下午 2 时 40 分，我们到达了约定地点：北京市顺义区棌摘路与天北路交叉口。

这里到处都是农田，乡村公路上的积雪基本没有融化，路面如镜面般平整光亮。我们将车停在东西向的小路上，妻子用电话联系上了彼岸忘川火化场。过了大约半个小时，一辆面包车停在了我们对面，打着双闪，示意我们跟着它走。

十分钟后，我们开进了一个很大的院落。

该处和其他建筑均不接壤，高高的院墙增加了这里的神秘色彩，使得我们略感紧张。

下车后我对这里进行了初步查看：院落南面的空地上有二十几处用花篮围起的低矮的小屋；北面是一排正房，正房的西面有一个类似锅炉房的建筑，了解后我们得知这个建筑就是火化炉；南面低矮的小屋是逝去的宠物们的墓地，它们被主人们安葬在这里，寄托着各自主人对它们的哀思。每个小屋的周围都有鲜花环绕。

这里的老板是一个身材端庄、着装得体的高个子年轻人，我们跟随他走进了办公室，里面站着一位清秀的女士，应该是年轻人的妻子。他们热情、真诚地接待着我们，使我们刚才略显紧张的心情放松了下来。

他们耐心地介绍了这里火化的等级、规格和相应的收费标准。当我们确定了最高等级和规格后，进来了两位年龄较长的男士。他们走进办公室里面的套房（原来这里是逝者的"贵宾室"），熟练地布置起来，十几分钟的时间，宝贝的灵位就布置妥当，通知我们可以将小如意接过来了。

妻子将小如意抱进屋里，放在铺着黄色毛毯的床上。那两个年长的工作人员开始为小如意整理身体，将鲜花围绕在宝贝身体周围，宝贝的身上覆盖着大大的、印满佛教图案和文字的黄色被帐。妻子将小如意的护身符（我们为宝贝从雍和宫请来的）、喜欢的玩具、爱吃的零食等，摆放在宝贝身旁。

我将挽联放在宝贝身体的两侧，最上面是那幅字："天使如意，宝塔重生。"

我默默地站在宝贝面前，无法控制的泪水湿透衣襟，我轻轻地抚摸着宝贝冰冷的头，是啊，它现在已经不怕冷了，从此宝贝再也不用换药、输液、抽血、打针了，再也不用受苦受罪了，同时也没有了生命的温度。

我不是第一次面对逝

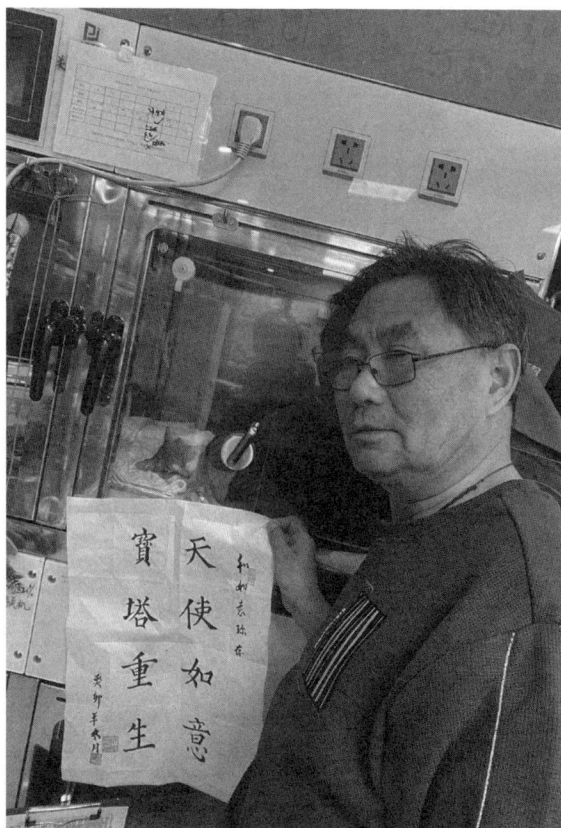

和宝贝最后的合影

154

者，但我的灵魂是第一次这样近地触摸死亡。如果死亡是唯一的解脱，那生命的意义又在哪里？

我久久地伫立在宝贝身边，看着它沧桑、安静的面容，回忆着过往的点滴，痛苦地思索着：

"它为什么来到这个世界？又为什么遇到我？如果不是我的愚昧和无知，它怎么可能经历这么多苦难？又怎么会这么快离去？宝贝，爸爸究竟做了什么伤天害理的事，让你承受这么多的苦难？爸爸对不起你！"

"在宝贝一生的苦难里一定蕴藏着某种天机，它是要用苦难和死亡去揭示世间的真谛？一定是的，它不可能无缘无故地来，也不可能无缘无故地走，这不合天理。"

"亲爱的宝贝，你的苦绝不能白吃，难绝不会白受，爸爸一定为你探索究竟，完成你的使命。"

"爸爸还要为你祈福，盼望你能早日'宝塔重生'！"

妻子跟随着老板夫妇走过来，问我需不需要宝贝的毛发留作纪念。得到我的肯定后，工作人员开始在宝贝身上挑选合适的毛发。过了一会儿，工作人员略带遗憾地走到我们面前对我们说："对不起，它身上根本没有可以留作纪念的毛发。"

我心里一阵酸痛，可怜的宝贝呀！

"那怎么办？"妻子看着我的眼睛问道。

"那就留宝贝的几根胡须吧。"我说道。

宝贝的三根胡须就这样保留了下来，也不知道宝贝重生或者到了天堂，面容会不会受到影响。

妻子挑选了喜欢的印盒留下了宝贝的小脚印。

我拍下了宝贝留在世上的最后照片，同时录制了视频。

"不舍"和"无奈"总是连在一起，我又想起 12 月 6 日晚上，宝贝给我的暗示。

现在真的到了这个时刻，无论多么不舍，也得"舍"，这是"无奈"！

2023年12月23日16时，在我和妻子的护送下，小天使和如意，我们的宝贝，我们苦命的孩子被工作人员放进了升天炉，宝贝身上盖满了鲜花，鲜花上是爸爸的挽联，和那幅"天使如意，宝塔重生"的字画，脚下是九朵莲花。

"是否还拍个照？"男老板问道。

我摇了摇头作为回复。

我们回到办公室等候。男老板见我们如此伤心，不免劝道："你们也不要太伤心了，你们对它这么好，九泉之下它也瞑目了。"

"你不知道它生前所遭受的苦难，还是一只小猫咪，还不到一岁，都是因为我的无知害了它。"我伤心地说道。

"不对呀，我刚才仔细看了看，它的年龄应该挺大的了。"

老板的这句话更深、更重、更准地刺痛了我的心，喉咙哽咽着说不出一个字来。

妻子见状赶紧接过老板的话，开始讲述小如意的事迹和《天使如意》这部书的来历，并承诺将书转发到他们的微信里。

不知什么时候屋里多了一位中年妇女，她也是来为猫咪办理后事的。听了妻子的描述，她深有感触地讲述了她和猫咪的故事：

"我总共养了两只猫咪，三年前，第一只猫咪去世后，我接受不了这个现实，一直沉迷在悲痛里出不来，什么事都提不起兴趣，也不怎么理它（指现在这只才去世的猫咪）。这样过了两个多月，直到有一天它狠狠地在我手上咬了一口，终于把我咬醒了，我意识到不能这样继续下去，要开始新的生活，从那以后我才彻底走出来了。"

"那只猫咪多大走的？"妻子问道。

"十岁多一点儿吧，它陪了我十年。"

"哎，现在它也走了。"她悲伤地说道。

"我们的如意还不到一岁！"又是一阵心疼。

二十分钟后，我和妻子一同来到炉前，亲眼看着宝贝的骨灰从炉里取出，那么少，少得可怜！

妻子精心为宝贝挑选了骨灰盒，一个雅黑色的合金罐，上面印有黄色的猫咪小脚丫图案和英文：

"No Longer by my side but forever in my heart."

妻子亲自将宝贝的骨灰装进了罐里。

这里给我们准备了七只酥油灯，嘱咐我们回家后为宝贝要设灵位，宝贝的灵魂还没有走，需要燃灯供养。

16 时 35 分，我和妻子抱着我们小如意的骨灰盒踏上了回家的路。

我们行驶在北京的环线上，天很快黑了下来，车窗外灯火通明，两侧是高大的建筑群，路上是狂奔的车辆，还有头顶上不断起落的飞机。偌大的世界，偌大的北京，为何就容不下一只可怜的小猫咪呢？

小如意为何总不能"如意"？

还是我们给它的名字起错了？书上说人的名字是先天带来的，小如意应该也是这样。

"无论外面的世界多么宏伟壮观、富丽堂皇，我们只是过客，不过看看而已。在我心里这一切都替代不了我的小猫咪。"我感觉突然间看清了世界，也看清了自己。

人生究竟需要什么？

我们又该如何活着？

我关掉了车里的音响，取出了那盘"世界名曲"，那盘装满了爱和记忆的 CD。

是的，所有的答案都在这盘 CD 里。

妻子怀抱着宝贝坐在后排，继续着和宝贝之间的谈话："哎哟，我的宝贝，我们回家了，你还记得吗？这是我们来时的路，宝贝回家了，宝贝现在没有痛苦了，对吧？哎哟，我的小宝贝哟……"我们在京秦高速上行驶，高速路上几乎是空无一车，开始还能看到前方行驶的两辆卧车的灯光，不久它们都驶出了高速。路上还有一辆被我们超过去的小型货车，它的灯光很快就消失在夜色里。一切好像是老天特意安排的，宝贝回家的路上异常安静。

我加入了妻子和小如意之间的谈话，我们共同回忆着过去的每一个细节，提出一个又一个问题，解答无数个为什么。我们之所以没能把宝贝解救回来，要么是我们的心不够诚，要么是老天安排好的，根本无法改变。

最让我接受不了的还是那个问题：为什么一只小猫咪竟会遭受如此大的苦难？这世界到底怎么了？

最让我难以释怀的还有 12 月 6 日宝贝的暗示，为什么到最后我才醒悟，如果能早一点儿明白，我们早点儿带宝贝回家，那样宝贝可以少受好多的罪，还可以在它临终前好好地照顾它一段时间，给它多一点儿的爱。

还有宝贝临终前的呼唤。

还有宝贝的眼泪。

妻子劝我："不要老是回忆细节，否则真的活不下去了。"

妻子是对的，可我做不到。

19 时 35 分，我们驶出京秦高速山海关收费站，出口处有一辆警车，几名警察在做例行检查。查验完我们的证件后，一名警察很礼貌地示意我们可以走了。我半开玩笑地对他说道："你们可以提前下班了，因为这条高速上只有我一辆车。"听了这话，那个警察也笑了，给我们回礼致谢！

19 时 45 分，我们到了康乐宠物医院门口，今晚要接吉祥和小宝回家。院长夫妻吃饭未归，我们在门口等候。

看着医院的大门和上面的牌匾，看着这熟悉的街道小巷，我的心里除了悲痛又多了一丝感慨：我们曾经把所有的希望都寄托给了你，不惜一切地来来回回就医，让我们的宝贝受尽了痛苦，希望能有痊愈的一天。为了这天的到来，为了表达我的感恩之心，我每天都在练习书法时先写几遍这八个大字：

"天佑康乐　泽福壹方"

我想有一天宝贝康复了，就把这幅字用檀木镜框装裱好，送给陈院长，这要比送一幅旌旗真诚、高雅。

随着小如意的离世，这一切已全部"灰飞烟灭"。

陈院长他们回来了。我最怕的是他们提及小如意，可他们还是问了。我实在回答不了，心差点儿憋出来，我不想在他们面前流泪，于是低头躲开了。

不知妻子和他们说了些什么，我也不想知道。

接上吉祥和小宝，我们向陈院长夫妇告别，也告别了"康乐"。

十分钟后我们到家了，我们的小天使和如意回来了！

妻子将宝贝安置在北面的房间，骨灰前面摆放着宝贝的照片和宝贝留下的脚印。我将长年佩戴的手串和水晶挂件放在宝贝身边，告诉宝贝：爸爸永远陪伴你。

陪伴宝贝的还有那盘 CD，上面印刻着"爱的祝福！"，更多的是岁月的记忆。

妻子摆上了宝贝爱吃的罐头、零食和脸谱湿粮，还有宝贝生前的玩具。

我们共同为宝贝点燃了第一盏灯。

听说我们接小如意回来了，小米立刻过来看望我们和小如意，她和我们一样关爱着小如意，曾经为小如意付出了很多心血。今天宝贝走了，她的伤心不言而喻。

夜很深了，两个善良的女人擦着伤心的眼泪，静静地看着晃动的烛光，守护在宝贝身边。此时她们都有满腹的悲伤要倾诉，可谁都沉默不语。为了不破坏这种悲怜的宁静，我躲到书房去写这几天的日记，我要把宝贝最后的时光记录在日记里，寄托我的哀思。

直到这时我才注意到了吉祥的存在：它趴在我的书桌上一声不吭地看着我，好像知道眼前所发生的一切。

我心疼地把它抱在怀里，轻轻地抚摸着它的头，没能控制住的泪水滴落在它身上。我小声告诉它：那个整天和它调皮嬉戏的小如意回来了，它永远地睡着了，再也不会和你打闹、和你玩耍、和你争抢玩具了。

它似乎听懂了我的话，同时也感受到了我的伤痛，不时地抬头看看我，还不停地用头在我怀里拱来拱去，我能够感受到它的慰藉！

两个伤心的女人终于有了声音，但音量很小，我只能感受到她们在交流。

小如意回家的第一个夜晚在我们大家的守护中度过。冬天的早晨天亮得很晚，快六点钟了，黑幕还笼罩着大地。住在楼下的喜乐和迎福可能是听到了楼上的声音，也可能是看到了楼上窗户散出去的灯光，它们早早起来，不停地敲门和"喵喵"地呼叫。当我准备下楼去给它们开门时，门外也传来了"喵喵"声，我听出这是尾巴根的声音。

我先是将院子里的灯打开，然后打开院门，赶紧让尾巴根进来，气温很低，真怕冻着它。

我一边给它喂食，一边抚摸着它的头，心里感慨万千。看着这个曾经无数次欺负小如意，经常把受伤的小如意扑倒在地上的小东西；看着这个每天都来探望小如意，来和小如意争抢食物的小家伙；看着这个小如意生前最讨厌的伙伴；看着这个经常被妻子训斥的小调皮，心里的滋味无以言表。此刻我心中对小如意的所有哀思都倾注在这个小东西身上。我将它抱起，深深地叹了一口气！

第二十一章　奇　迹

是凡有果，势必有因。

一件事发生在一个人身上，可能是偶然；两件事发生在同一个人身上，或许是碰巧；如果是三件事、四件事发生在同一个人身上，那绝不是偶然和碰巧。

2023 年 12 月 24 日，星期日。

小如意回家第二天，今天是平安夜。

清晨，没有了小如意的叫声，整个家都空落起来。

走进小如意的房间，看着它的照片和脚印，还有被黄布包裹得严严实实的骨灰盒，心里的滋味可想而知。

我将双臂交叉在胸前，做着怀抱的动作，对宝贝说道："宝贝，爸爸来了，来看你了，爸爸抱抱宝贝，爸爸爱你，特爱你哟！爸爸对不起你，心疼啊……"

潜意识中宝贝还在，它没有走。

"爸爸为宝贝燃灯。爸爸爱你，特爱、特爱！"

太难过了，千万不要强忍着，痛快地哭一会儿，很有效。

从北京带回来的七盏酥油灯，很快就要用完了。给宝贝燃灯是我们最重要的寄托哀思的方式，酥油灯是眼前亟待解决的问题。我在网上下了单，最快也要两天到，现在只能用照明灯代替，后悔当时没有多买一些回来。

我相信精神的力量无形且强大。

对宝贝的巨大责任感转化为一种精神，而精神力量得以显示的唯一途径是"思索"。我现在思索的第一件事就是如何才能完成我的承诺：天使如意，宝塔重生。

妻子说得对，我没有能力和条件为宝贝建一座宝塔，但我可以找到一座宝塔，在那里让我们的如意得以重生。

我思索着，同时在网上搜索着。

可以确定，小如意出生在白鹭岛附近，宝塔当然离这里越近越好。按照这个思路，我开始在秦皇岛市范围内上网搜索。网络上出现的第一个画面是秦皇岛市"法云寺"，位于秦皇岛海港区，距离我们家只有28千米。奇妙的是寺院内刚好有一座"瑠璃宝塔"。网上显示：琉璃宝塔是法云寺标志性建筑，由佛门泰斗本焕老和尚亲题塔名。

"宝塔"！这两个字震撼了我，这正是我要寻找的宝塔。

"小如意将在此重生！"我非常激动。

我立刻将此事告诉了妻子，妻子也很兴奋。我们开始查阅琉璃宝塔和法云寺的相关资料，要把所有的事情弄清楚，才知道如何去做。

如果"美妙神奇"令人痴迷陶醉，那么"苦难离奇"就会让人深思熟虑。

12月25日，圣诞节。

现在最有意义的事就是做与小如意相关的事，这是对我心灵唯一的安抚。

今天在网上为小如意定制了金属贴片，是贴在宝贝骨灰盒上的，上面有宝贝的头像，头像四周是漂亮的鲜花，下面是妻子为宝贝的题词："小天使和如意，唯爱永恒！"

厂家发来了电脑图像，直到我和妻子都满意了，他们才开始制作，在此谢谢他们！

为宝贝订购的酥油灯不知何时到货，我和妻子开车到山海关区里去买，去了几家佛教用品商店，有的歇业，有的没有营业，空手而归。

自从小迎福来家后就一直闷闷不乐，整天紧皱着眉头，从不像其他猫咪一样玩耍，总是自己躲在一处卧着。妻子早就观察到这一点，由于忙小如意的事没有顾及它，今天给它喂食时发现它进食后碗里是湿的，我们继续观察，发现它吃食时好像很痛苦的样子，而且其他猫咪喜欢的烘焙肉干它不吃，进家半个多月了还是那么瘦，喜乐找它玩耍它立刻躲开，一副痛苦的模样。我和妻子商量决定明天带它去看医生。

转天我们带着小迎福来到康乐宠物医院，我们双方心照不宣，谁都没有提及小如意的事情。看到我们来了，韩医生非常热情地和我们打招呼，表情里充满了老熟人的笑容。但我心里还是酸酸的，热不起来。

陈院长检查了喜乐的口腔，发现它的口腔炎症很厉害，需要做验血检查，还要做病毒检测和细菌培养等，找出造成炎症的原因。如果是病毒性的，还要确定是何种病毒，然后才能确定治疗方案。病毒检测和细菌培养他们目前做不了，因此在这只能保守治疗。

对于这些专业医学知识我和妻子都不是太明白，于是我问陈院长："像现在这种情况，您觉得会怎样，需要手术吗？"

"看它的牙齿磨损程度应该有四岁以上的年龄，这么严重的口腔炎症不太好治，一般需要手术，可能需要拔掉全部牙齿。"陈院长答道。

"要拔掉满口牙齿？"听到这话把我吓了一跳，"那它以后怎么吃东西呀？"我担心地问道。

"没有牙齿应该不影响它吃东西。"陈院长解释道。

"这怎么可能？"我心里这样想着，然后说道："如果不手术，目前有没有其他治疗办法？"

陈院长应该感觉到了我的疑虑，于是说道：

"它这个病应该很长时间了，最初没有得到及时和有效的治疗，我怀疑它是因为患有这个病被丢弃的，现在没有什么好办法，你们先拿一支口腔喷剂试试，起码它会好受些。"

"我们先拿一支喷剂回家试试，不行再说？"我回身问妻子。

"好吧，我们今天先把疫苗打了吧，这种情况它应该是没有注射过疫苗。"妻子说道。

于是我们给迎福打了第一针疫苗，拿了一支口腔喷剂，离开了康乐。

在回家的路上我对妻子说："我们得汲取小如意的教训，最好是直接带小迎福去大医院救治，这样比较保险。北京就不要去了，一是不方便，二是情况没有严重到那个程度，可以和北京美联众合转诊中心联系，看看廊坊有没有他们的分院。"

"我今天给迎福打疫苗就是这个意思，没有抗体看病住院都很麻烦，我去联系廊坊医院，等迎福打完第三针疫苗我们再带它去治口腔。"妻子回道。

"还是老婆想得周到！"我看了她一眼，称赞道。

美联众合动物医院在廊坊市有两家分院，我们决定带小迎福回廊坊到美联众合廊坊分院治疗。

从注射第一针疫苗算起，每针疫苗的间隔时间是二十一天，迎福第三针疫苗的注射时间是明年的 2 月 6 日，之后我们才可以带小迎福去廊坊治疗。这期间我们得控制它的病情，不能让它太痛苦。于是妻子又从网上买了两种口服药，对迎福进行过渡期的居家治疗。

下午网购的酥油灯到了，还有一盏漂亮的莲花灯也到了。从这时起，按时给宝贝燃灯（每盏灯可燃四个小时）成了我和妻子缅怀宝贝的重要事项。

我深陷在悲痛中难以解脱，无法接受小如意离去的事实，更无法原谅自己的愚蠢过失。妻子看我每天这种难以自拔的样子，开始由理解转变为生气、由劝说改变为责备、由同情转化为埋怨。我清楚她是对的，是为了这个家。为了让妻子宽心，也为了好好维护我们的家，我答应了妻子的请求：决定放下。

其实我们心里谁都清楚：这么大的劫难，哪能说放下就放下！只是把一切深埋在心底，彼此不再提起而已。

因为小如意的事我们已经很长时间没有和女儿联系了。那天女儿发来微信聊天视频，视频中女儿问及了小如意的情况，我的情绪瞬间破防，悲痛中只说了四个字："宝贝没了。"

女儿是如何劝我的已经记不清了。只记得女儿最后说："爸爸，等过一段时间你好一些了，把小如意的故事写完，我和你的两个外孙女都等着看呢。"

我点头答应了。

可是我的宝贝没有了，我没有救活它，是我害了它，接下来我该怎么写？又写些什么呢？

宝贝没有了，一切都没有意义了。

"至于我们现在做的一切，其实都是在安抚自己的内心，让自己好受一些罢了。"我这样想着。

宝贝的离世给我最大的收益是：对于"死亡"我已不再恐惧。我曾经说过："年轻人之所以不怕死，是因为死亡离他们很远。"是的，我一天一天变老，和大多数人一样开始存钱防老。现在不禁要问：防老到底防的是什么？退休工资就够养老的了，其实防的就是得病后用钱救命。如今金钱没能救回小如意的性命，还让它遭受了如此多的苦难，可见金钱的无用。所以，要么就健康地活着，要么就痛快地离去，不要用钱买罪受。

我看清了死亡，看淡了金钱、名利，对于人人都向往的"发财"再也没有一点儿兴趣，我知道自己需要什么，懂得了人生最可贵的是什么。

"如果财产能够换回小如意的生命，我愿意尽我所有。"我在日记中这样写道。

小如意去世已经两周了。1月8日这天早上，我带小宝去海边遛弯，这是如意走后第一次来到海边，来看大海。

当我站在海边时，就像丢失的孩子重新回到妈妈怀里，所有的悲伤都化成了委屈，一股脑儿地倾泻出来。

不知过了多久，小宝将身子立直，两个前爪扑到我身上，把我惊醒。我对着宽阔无际的海面，摇了摇头，擦了擦眼泪，转过身去。

真的太苦了！我的心比海水要苦一百倍。

我也在想着"放下"，想着"解脱"，这是我每天从睁眼到闭眼、从日出到日落一直思考的问题。

"放下，不等于忘记；放下，不等于过去；放下，不等于没有经历。解脱更不能将灵魂禁锢在意识的牢笼里。"我边往回走边思考着。

妻子1月5日去廊坊陪妈妈小住几日，去年我们太忙了，现在清闲了一些，该陪陪妈妈了。她顺便可以复查一下牙的恢复情况，我负责照看家里的猫猫狗狗、花花草草。

1月16日妻子从廊坊回来，按照原计划我们该去法云寺了，但妻子回来后有点儿不舒服，像是感冒了，计划只好被推迟两天。

1月18日，我在抖音上看到了关于四维空间、平行世界的理论，这是量子力学的延伸，有"玄学"的感觉，给了我无尽的遐想。

晚上我独自走到空旷的海滩上看宇宙星系，寻找我心中的那颗星，希望能看到平行世界里的小如意。

天上繁星点点，每一个都在向我眨眼，不知如何才能分辨出哪个才是小如意的眼睛！

仰望着浩瀚无际的夜空，回忆着物理学上星体间亿万"光年"的概念，想着人生浮沉，短短数年，一种"沧海月明珠有泪，蓝田日暖玉生烟"的感慨油然而生……

　　不知何时妻子来到我的身后，打断了我的冥想。

　　"我们明天去法云寺吧。"妻子说道。

　　"嗯，好的。"瞬间，我从天上掉了下来。

第二十二章　放　下

2024 年 1 月 19 日，星期五。

天空晴朗。

早餐后，安置好家里的宝贝们已经是上午的 10 时 20 分了，我们出发，前往秦皇岛法云寺，11 时到达我们向往多日的圣地！

我们将车停放在寺院停车场，这里距离寺院大门约有五百米。由于是冬季，这里显得非常空旷，稀疏地停着十几辆车，周围看不到什么人。我们下车朝寺院方向走去。

从停车场到寺院之间是一条宽阔笔直的青石路，路的两侧是人行道，中间生长着两排翠绿茂盛的柏树，树上挂满了红色的祈福带，配衬着树的绿色，在阳光的照射下很像是节日里的彩灯。

最外侧是各种商店和小超市，路的西边有一个很大的门店，专门经营佛教用品，那些红色祈福带正是他家销售的。因为是淡季，这里的大部分店铺都关着门。

虽然是寒冬腊月，由于正午阳光的普照，加上我们内心的虔诚，身上没有丝毫寒意，脚步轻松地向前走着。

当我们接近寺院大门时，看到了一位师父端坐在禅桌边。桌上整齐地摆放着十几本书籍和一个签盒，签盒里装满了占卜用的签子。

妻子走过去问道："师父您好！我们去寺院进香，请问在哪儿买票？"

"这里的寺院不用买票，直接进去就可以了。如果上香，进大门向左拐，那里是请香处。如果不上香，一分钱都不用花。"师父非常客气地为我们解说。

谢过师父，我们走进了法云寺的大门。

寺院安静肃穆，宽敞明亮。屹立于寺院东方的琉璃宝塔高大雄伟、佛光灵气、普阳万方！

伫立在寺院内佛塔旁，我的心仿佛被灵光沐浴，荡尽污垢；灵魂被净化，涤去渣滓；我嗅到了圣洁的芬芳。

我双掌合十，朝寺院祭拜，口中念道：

"苦海有涯，劫难毕竟；天使如意，宝塔重生。"

我们先到法务流通处请了香，随后从天王殿开始上香叩拜：自上个月11日北京雍和宫之后，我又一次叩拜在弥勒佛祖的脚下，不同的是上次我的小如意还在世间，祈求佛祖救宝贝一命！

佛祖慈悲，应该允许我在此伤心、委屈、哽咽流泪！

我现在亦无所怨，再无所求。

我跟随妻子围着宝塔顺时针绕行三周，然后登上塔台朝里叩拜。冬季里宝塔不对外开放，所以我们只能在塔台上隔墙叩拜。越发显示了我们的虔诚！

此刻我们的心无比纯净，因为我们的如意将在此重生，希望我们的纯净与虔诚能够护佑我们的宝贝脱离苦难，在此重生！

中午12时20分，我和妻子来到法云寺的"客堂"，我们没有精力关注客堂里的陈设，只是第一眼就看见了端坐在办公桌里面的法师，他正在和一位女施主讲话。法师年龄不大，语气和蔼可亲，笑容里含着的谦逊的表情从眼睛流露到嘴角，目光清澈慈善，身上有一种出家人的祥瑞之气。

我们在他的对面坐下。我看着他慈祥的面容，就像是找到了盼望已久的亲人，再也无法掩盖内心的悲伤，还没有开口，泪水已夺眶而出。我的失控使他略感疑惑，随即递过纸巾说道："别着急，有事慢慢说。"

我之前的所有顾虑此刻全部消失了。

我清理了一下鼻涕眼泪，忍着悲痛开始了倾诉。

从小如意到我家觅食开始讲起，我尽量简要地叙述着小如意和我们的故事。在说到小如意将去北京就医时，客堂的门开了，进来了三四个人。他们进门就大声问道："给过世的人立牌位是在这吗？"

喊声打断了我的讲述，法师抬头看了这些人一眼，不急不忙地说："请你们几位先坐下，有事请稍等。"

那几个人没有落座，而是走到我们身后，你一句、他一句不停地嚷嚷着，使我无法继续。

法师态度客气但语气坚定地说道："请你们先在旁边找地方坐下，我们正在谈事，请你们等一下好吗。"

几个人终于听懂了法师的话，后退了几步，坐在靠墙的椅子上安静下来。

法师给我和妻子递过来两杯开水，示意我接着说。

我将后面的事情诉说完毕，给师傅看了小如意的照片和安葬时的视频，法师很是感动，他劝道："人的一生最重要的就是善终！能这样善终也算是它的福报了，你们就不要太难过了。"

法师越是这样劝，我心里越难过。宝贝经受了一生的苦难，它还不满一岁就"善终"了，这让我如何接受。

接下来，师傅问我们来此的目的，我有点儿激动地说：

"您刚才看到了在如意的葬礼上我为它写下的承诺，'天使如意，宝塔重生。'我们是寻宝塔找到了这里，这是天意，我们想在这里为小如意超度，还计划为它立个'往生排位'，让我们的宝贝在这里重生。"

听清了我们的来意，法师说道："佛门圣地普度众生，以人为主，当然也包括所有的生灵。你们的要求这里可以满足。"

听法师所言，我和妻子非常激动，小如意终于可以获得"重生"了！之前所有的担心此刻全部没有了，我和妻子向法师表示着由衷的感谢！

其实："杳杳苍穹，冥冥之中，一切皆由因果，但行善事，何劳算计。"

接下来的事全由妻子具体承办。

妻子按照师父的要求办理了和如意的超度事宜，超度时间定在本月农历十三，这一天是公历的 1 月 23 日，刚好是小如意离世一个月的日子，说起来也有点儿巧合。

1 月 20 日，大寒，冬季的最后一个节气。

过了大寒就到春天了，宝贝应该是春天的生日，我们也是在春天里和宝贝结缘的，可是，春天啊，春天……

是啊，春天不远了，宝贝不见了！

我从网上订购了一本 2023 年的中国黄历，今天收到了，这里面记载着小如意来到世间的每一天，也承载着我们对宝贝一生的怀念。

自从宝贝去世后，所有的音乐、歌曲都能在我的情海里和宝贝联系到一起，都能成为缅怀它的旋律。

我希望"灵魂"的存在，我希望死后能和小如意相见。

2024 年 1 月 23 日，星期二，农历癸卯年腊月十三。

天气晴朗，气温很低，屋外的气温为零下十四摄氏度。

我和妻子早上六点钟起床，安置好几个小宝贝，收拾利落房间已经七点钟了。没有顾上吃早餐，开车向法云寺驶去，今天是小如意超度重生的日子，我们不能迟到。

本打算在路上吃点儿东西，谁知道车开到了寺院停车场，也没有看到一个早餐店，只好在车上吃了几口天津麻花，喝了点儿开水，也算是充饥了。

超度进行了一个上午，11 时 30 分超度仪式结束。超度结束后，我和妻子去了琉璃宝塔。

在琉璃宝塔上我们看到了寺院立的广告牌，意思是：每个人都可以赞助捐款，在琉璃宝塔内供奉药师佛。

妻子说道："为了小如意，同时也为了我们自己和家人，我们应该在宝塔内供奉药师佛，把未来的一切交给佛祖，我们就放下了。"

"是的，该放下了！"我重复着妻子的最后一句。

"我们这就去办。"我接着说。

来到寺院客堂，我们向值班师父说明来意。师傅看到是我们，非常关心地说：

"看你们那么早就来了，还没有吃早餐吧，这都中午了，还是先到斋堂吃午饭，然后再来办理你们说的事，再晚就过了吃饭时间了。"

"好的，我们正想吃一顿这里的斋饭，感受一下寺院里的生活，谢谢您！"妻子应允道。

我们从客堂出来朝斋堂走去，路上我对妻子说："我有一种来到小如意家的感觉。"

妻子看了看我说道："我也是。"

我和妻子来到寺院斋堂，这里的午餐有米饭、馒头和四种炒菜，还有一大盆西红柿汤。

大约有二十人正在用餐。我们找位置坐下，斋堂师父给我们端来了饭菜，每人还有一碗汤。

肚子确实饿了，我和妻子每人吃了一大碗米饭，这里饭菜的味道很香，我们大口大口地吃着，和在家里一样。

其实我和妻子心里的感觉是一样的：这里已经是小如意的"家"了，我们吃的是宝贝家的饭，宝贝正在看着爸爸、妈妈吃饭，这饭香啊！

饭后我们扫码捐赠了功德钱。

我们回到寺院客堂，值班师父换成了一位大姐，她热情地和我们打招呼："你们是和如意的家属吧？你们的事迹在我们院里都传遍了，好感人的！快快请坐！"

"谢谢，谢谢！"我们客气地答道。

我们用微笑继续表示着谢意，顺势坐了下来。

"我们有事情麻烦您。"妻子说道。

"有什么事您尽管讲，只要能帮助到你们的，一定尽力。"大姐说道。

"我们想在琉璃宝塔里面供奉药师佛，我们看到了宝塔上的牌子，所以来问问如何办理？"妻子接着说。

这位大姐讲述了供奉药师佛的益处和如何收费等，妻子按照要求办理了相关手续。最后大姐说："今天下午我们就将您二位的供奉牌位供奉到宝塔里了，现在宝塔还没有对外开放，等到开春您二位就可以来宝塔参拜您供奉的药师佛祖了。"

我和妻子谢过大姐，走出寺院客堂。

法务流通处门前有好几只猫咪正在吃食，其中有一只黄色的小猫咪非常亲人，围着我们蹭来蹭去，喵喵地叫个不停，既可爱，又可怜！

妻子问我："车上还有猫条吗？"我说："没有了，小如意的东西都拿下车了。"

妻子弯下身子抚摸着小可爱，不无遗憾地说："以后记着放些吃的在车上。"

我说："好的。我们回去多买些猫粮，过两天送来。"

"好的。你看它多可爱！"妻子说着将小猫咪抱起来，嘴里说着，"小黄，就叫你小黄吧，小黄真乖！"

看到妻子的举动，我问道："想把它带走？"

"等下次吧，现在家里事情太多了，顾不过来，这里是寺院，饿不着也冻不着它。"妻子不舍地将它放下。

妻子站起身来，面朝小如意莲位的方向说道："宝贝，爸爸、妈妈回去了，我们会常来看你的，宝贝乖，放心地走吧，去你重生的地方吧！给我们托梦哟！"

妻子的话让人好心酸。

小如意的事看似办好了，但我的心并没有想象中的轻松。等妻子说完，我接着说道：

"是啊，以前我们为了小如意每天都有很多事情要做，心里还有个寄托。从今天起，小如意就彻底地离开我们了，我们真的失去它了，从这一刻起将是永远的失去了。"

"不，不是失去，应该是过去。"妻子说道。

是的，妻子说得对，该过去了。

记得我们北京的朋友吴总编，在看了小如意的故事后曾经劝解我说：

"你越是放不下它，它在天上越不好过，你们之间这是'纠缠'，你想这个道理，你想它时心里难过，它感觉到了，能不难过吗？所以一定要放下，放下对它和对你们都好。"

我琢磨着吴总编的话，回忆着短短几个月里发生的一切，机械地跟着妻子往回走。

我们来到停车场，就要离它而去。

"是的，该放下了，让我们可爱的小宝贝安息吧！"

我转身向北方望去，恍惚中看见琉璃宝塔在太阳的照射下灵光闪烁，犹如九色玉宫悬浮在空中，四周仙气环绕，紫晶瑞象；天上祥云轻浮，地上莲花映照；远方佛光妙隐，眼前香火缭绕……

我仿佛进入到梦里。

"是呀，这一切多像是一场梦啊！"我自语道。

是的，真希望这就是一场"梦"，梦醒了，又可以见到我的小如意。

第二十三章　唯爱永恒

从法云寺回来的那天开始，我和妻子基本避开了提及小如意的话题，家里过着平常的日子。

1月27日，今天是妻子的生日，我们要去法云寺给那里的小猫咪送粮食，妻子说这是她最好的生日礼物。

我们给它们带了四袋粮食和一些湿粮，还有猫条，妻子想看看那只可爱的小黄猫，有意带它回来。

上午十点钟我们到达法云寺，在寺院门前见到了那位熟悉的师父。师父身边多了一个十几岁的小男孩，见我们拎着沉甸甸的物品走过来，便好奇地问："拿的什么好东西，是供品吗？"

"是猫粮，给寺院里猫咪的。"我说道。

"这是积德行善呀！"小男孩大声说。

"这么小年龄就懂'积德行善'啦，有出息。"我夸奖道。

"我来帮你们拿。"听到我的夸奖他很高兴，抢着要接过妻子手里的袋子，妻子笑着谢绝了。

我们来到寺院法物流通处，将猫粮交给了这里的法师，然后到门前去给猫咪们喂湿粮和猫条。今天天气很好，寺院里来了许多游客，有两个小女孩站在旁边，一边看着我们，一边跟她们的妈妈说："妈妈，我也想喂猫咪。"

我赶紧把手里的猫条递给她们的妈妈，并嘱咐她们小心喂食，不要被猫咪抓伤了手。

妻子忙着找寻那只小黄猫，她围着流通处前后找了一圈也没有见到小黄的影子，于是去问流通处的法师。法师告诉她，那只小黄猫昨天被好心人结缘领走了。法师说道："和它结缘的是个善良的女士，看它那么小容易被其他猫咪欺负，又觉得这里太冷怕冻坏它，于是她们结缘了。"

"真好，遇到好人了，我们祝福小东西吧！"妻子说道。

"缘分就是这样，只差一天，我们可能再也不会和小黄相见了！"走出法务流通处，妻子不无遗憾地说道。

"小黄很快就长大了，即使见着也认不出来了。"我解释道。"其实我们最关心的还是小黄的未来，它能有个好人家收养，快乐地生活这是最重要的，只要它幸福在哪儿都一样，我们应该为它高兴。"我接着说道。

妻子没有出声。

公历的 2 月 2 日是农历的腊月二十三，北方的小年。

我们带着刚刚包好的羊肉饺子去小米家过小年，他们家今天还有北京来的客人，六个人正好围成一桌。

小米家将一楼的下跃房建成了阳光房，房顶上全是玻璃笼罩，玻璃顶上全是猫咪的宿舍。我们进门时大概有五六只猫咪在玻璃顶上戏耍，不停地跑来跑去，北京来的客人正在一旁给它们喂食。

"这么多猫咪！"我有点儿惊讶。

"这才几只，如果全回来得有十几只。"妻子在我身后说道。

看来我很多天没有到小米家串门了。妻子和小米是交心闺密，每天都要来回数次，对于这里的情况她非常熟悉。

小如意的事在白鹭岛很有影响，岛上的邻居们更加热心地关心起流浪猫来，小米干脆收养了它们，给它们建了好多猫舍，准备了大量猫粮，还学会了给它们注射疫苗，精心地照顾着它们。

因为数量多，又因为它们的生活习性，在这里它们来去自由，每只猫咪都享受着同样的待遇，它们知道这里是"家"。

北京的客人是一对夫妻，还是高研的同学和同事，关系很近。他们同样非常喜爱猫咪，大家看着房顶上猫咪们可爱又调皮的样子，很是开心。饭桌上的交谈自然离不开它们，同样也没有避开小如意的话题。

其实，真正的放下是对心灵的洗礼，只有放下悲伤，才能走出去。

我们现在的唯一希望就是：小如意的悲剧不要重演，愿所有的生命都得到应有的尊重，所有的小动物都得到关心和爱护，所有的小猫咪都能够快乐地活着！

这一切说着简单，坐起来谈何容易。

过了小年就快到春节了，我们要为回廊坊过年做最后的准备。2月5日我们带着小迎福去康乐宠物医院打完第三针疫苗，同时将妮子送回它的老家。

转天，我们带着小宝和三个猫咪回到了廊坊妈妈家。

忙了一年也该回来陪妈妈过一个快乐的春节了。妈妈总归年龄大了，年前收拾屋子打扫卫生是个累活，该我们来承担，年饭也由我们和弟弟、妹妹操办，只有两件事是妈妈一定要做的：一是除夕夜的饺子，必须由妈妈亲自拌馅，只有妈妈拌的馅才有"年味"；二是大年初一的大碗菜。这是妈妈家年饭的标配：大年初一早上继续吃过年的饺子，中午必须吃妈妈的大碗菜。

无论岁月如何蹉跎，人生如何改变，在这个家里几十年不变的只有这碗大碗菜。

手捧着这碗大碗菜，看着面前的孙男嫡女，想着万里之外的女儿全家，忍不住思绪万千：

女儿最爱吃的就是奶奶做的这碗"大碗菜"。

记得小时候家里很穷，盼了一年只为了除夕夜的饺子和这碗"大碗菜"，无论日子多么艰苦，妈妈总能在这天满足我们所有的期盼。

大碗菜啊大碗菜，几十年不变的大碗菜：你是母亲一生含辛茹苦的见证，你装满了母亲今生今世的悲伤与希望，承载着我们这一代的过去、我们下一代的今天和第四代的未来。大碗菜里装满了一位母亲对几代子孙的"疼"与"爱"，传承着一位伟大女性的慈悲胸怀！

如今被"大碗菜"熬白了黑发的妈妈，继续为我们做着这碗"大碗菜"。

和妈妈在一起的时间过得总是很快，转眼到了2月21日（农历正月十二），廊坊市美联众合动物医院瑞美分院已经正常营业，我们带着迎福前去就医。

为迎福接诊的是位有着一头秀丽的长发、面容清秀可亲、中等身材的年轻美女大夫。她的神情、身高和妻子颇有几分相像，她语音轻柔、用词准确、语气坚定，个人修养与专业知识有机地结合在一起，初次见面给我们带来极大的信任感。

我们从她的胸牌上获知她是武大夫，是这里的主治医生。

武大夫为迎福做完初检后问我们的第一个问题是：它是否注射过疫苗？什么时候注射的？

"我们昨天才带它打完第三针疫苗。"妻子说。

"它现在口腔炎症这么严重是不能注射疫苗的，即使注射了也未必能产生抗体。"武大夫说道。

"又错了，看来我们真的什么都不懂。"我插嘴道。

"你们不懂难道医院也不懂吗？"武大夫疑惑地问道。

我们无奈地摇了摇头。

武大夫为迎福做了血常规化验，除了炎症指标严重超标以外，其他指标都还正常。

当务之急是控制迎福的口腔炎症。武大夫为迎福开具了处方单，当下注射了三针，以后每天都需要注射三针，要连续注射一周。接下来对口腔使用药物喷剂进行了清洗，同时医院保留了迎福的血样，准备送到北京总部进行病毒检测，需要两到三天时间知道结果。

结算治疗费用时需要妻子的手机号进行注册，当在他们的医疗系统中输入妻子的手机号码时，立刻显示出"美联众合动物中心和如意"的信息，前台女士问道："你们在我们公司曾经注册过，和如意是谁？这里面还有很多积分，可以转换成现金使用。"

"和如意是我们的一个宝贝，我们曾经带它在北京美联众合转诊中心看过病。"妻子答道。

"是这样啊，它现在怎么样了，好了吗？"女孩接着问道。

不知该怎样回答她的问题，妻子苦笑着摇了摇头。

女孩虽有困惑，看了妻子的表情，也不好再问。

"小如意还给我们迎福留着治病的钱呢。"我低头对迎福说道。

2月23日，送往北京的血样化验结果出来了，排除病毒性感染，初步判定是生理方面的原因导致的口腔炎症，最好的治疗方案就是做拔牙手术。

"拔牙后不会太影响它的进食，猫咪一般都是靠嘴巴'吞咽'食物，炎症消除后它就没有这么痛苦了，不会降低猫咪以后的生活指数，这点你们放心。"看出我们的担心，武大夫解释道。

"拔牙后它一定能痊愈吗？"我问道。

"这个难说，要看它自身的条件，我家有两只猫咪是这种情况，拔牙后一只恢复得特别好，几乎完全康复，还有一只到现在口腔内还有红肿，不过轻多了。手术后起码炎症能得到有效控制，它不会再像现在这么痛苦了。"武大夫接着说。

"如果手术后炎症还是很严重怎么办？"我继续问道。

"那就需要做'激光'手术，这里做不了，得到北京总部去做，还得提前预约，比较麻烦。"武大夫回道。

我和妻子商量后决定在这里做手术，这个决定完全是出于我们对美联众合动物医院和武大夫本人的信任。

手术时间定于明天，今天拍了各种片子，为手术做准备。

2月24日是元宵节。

昨天分手时武大夫特意叮嘱我们明天早点儿来，手术时间较长。因此，我们早上七点出发，七点半钟就到医院了。

手术进行了一个上午，看出来武大夫非常辛苦。手术后还要进行输液等各种治疗，鼻子上还插着喂食管，需要人工喂食。我们让迎福住进了医院，每天定时来陪伴它。

迎福身体恢复得很快，第四天就拔掉了进食管自主进食了，看到它大口大口吃食的样子，我们都松了口气。

经过八天的住院治疗，迎福的炎症化验结果略高于正常值，已经属于可控范围。

"口腔里面靠近喉咙处的牙龈红肿还没有完全消退，这是炎症指标没有完全下来的原因，目前只能慢慢恢复。炎症完全消失需要有个过程，时间可能会长一些，这要看它自身的条件，它现在应该没有那么痛苦了，可以回家了。"

是的，它紧锁着的眉头已经松开了，我们的迎福漂亮了。

3月3日（农历正月二十三）我们将迎福接回家。

四天后（农历正月二十七）我们返回了白鹭岛。

改变我们生活轨迹的有两种形态，一种是被动形态，一种是主动形态。被动形态是我们的生活轨迹在外力的作用下不得不发生改变；主动形态是我们的内心受到外部事物的影响，从而主观地改变了原有的生活轨迹。人的一生要经历无数次这种变化，就像黄河一样，行进中既有因前方的地质变化而不得不改变原来的前进方向，又会因为流动中自己带动的泥流改变了自己前行的方向，但不论如何改变，终究还是要流归大海，从洋而终。

回到白鹭岛的第十四天，3月17日傍晚，妻子急匆匆地从外面回来，手里拿着一个铁圈，表情激动地喊道：

"老公你看这个，这是前面第一排的邻居在树丛里找到的玩意，现在已经找到了四十多个，这是小米从他们那里拿回来的，你快看看。"

我接过她手中的铁圈仔细观察：这是一个由略带钢性的细铁丝做成的圆形套，很像我们经常用到的死扣结，套的一端从中间伸出，拉动它就会使圆套收紧，而且越用力拉圆套越紧，如果把它埋藏在草丛中，就是小动物们的凶恶杀手。

"他们是怎么发现的？"我问道。

"有两三只院里的猫咪被套住了，伤得都很严重，其中有一只是他们家的猫咪。然后他们就去前面的树丛里找，发现了这个。"妻子说道。

"知道是谁干的吗？"我继续问道。

"还不能确定，应该就是咱们小区的人，他们在树林里蹲守了两天，看到那个人在树丛里鬼鬼祟祟地在找什么东西，应该是看他下的套套住什么动物没有。由于没有抓到现行，所以没有证据。后来他们报警了，警察来看了现场，简单地问了一下情况就走了，他们说这种事很难立案调查。"妻子一口气说了这么多。

"干这种事的人真的太缺德了。"妻子气愤地骂道。

"先别管他缺不缺德，当务之急是我们怎么阻止这种事情的发生，得救这些可怜的小家伙们，不要让它们继续受到伤害。"说这话的同时，我想到了小如意。

是的，这铁丝和小如意身上的铁丝完全一样，小如意就是被它所伤，此刻我心中的悲愤可想而知。

看着手里这个罪恶的凶器，刚刚平复了半刻的心又如大海的波涛一样涌起，浑身的血液像炼钢炉里的炭火一样炙热，被各种能量冲击的灵魂再也无法平静。现在的我一定要做点儿什么，必须做点儿什么才能保证身体中能量的守恒，否则我的心将被滚烫的热血融化。

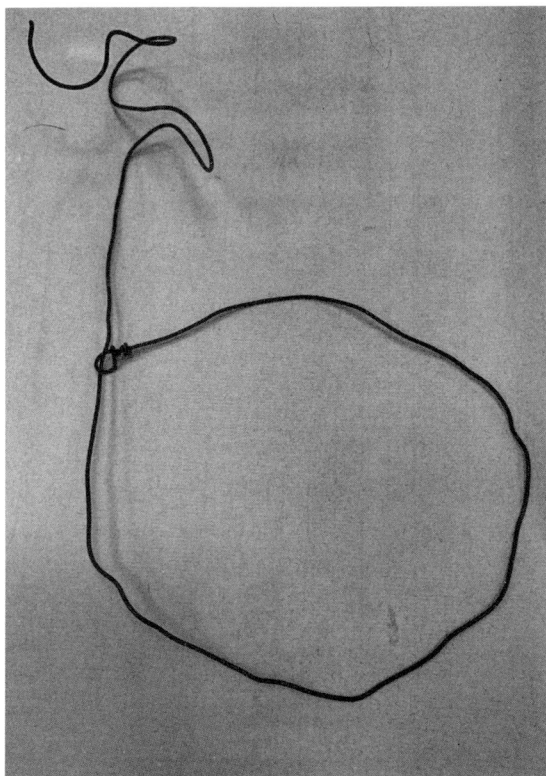

铁圈

"我该做什么呢？"我反复地问着自己。

大脑在痛苦地思索着，心灵需要开悟。

"小如意一生的苦难究竟是为什么？"我问自己，"它为我们揭示的不应该是苦难的继续，它在用一生的苦难向人类传播着'爱'，让我们用爱来解救世上可怜的小猫咪，这应该是它的使命，也是我们的使命。"

我想到了古希腊哲学家亚里士多德的名言："如果没有法律的约束，人是所有动物中最邪恶的动物。"

想到这里，我终于知道自己该做什么了：我要为可怜的小动物们发声，呼吁国家为它们早日立法。

"完成《天使如意》的写作，将我们的'爱'传递下去。"

从这一天起，我开始了《天使如意》下篇的写作。

写过去需要回忆，回忆苦难比经历苦难更加不容易，但使命在身，苦有何妨，难又何惧。

我在网上购买了一个"废铁回收探测器"，拜托小米给前排的邻居送去，以解燃眉之急。

白居易的诗"人间四月芳菲尽，山寺桃花始盛开"用来描绘我们白鹭岛也非常贴切，这是海洋气候的一大特点，秋长春晚。由于大海的储能作用，秋天里的花很晚才谢，而春天的花要比内地晚开一个月，套用白居易的诗应该是：

"人间四月芳菲尽，鹭岛鲜花始盛开。"

清明节刚过妻子就开始整理门前的花园，她要等鲜花盛开后将小如意的骨灰掩埋在花园的中央，让鲜花陪伴在宝贝的身旁。她还买了各种花色、各种式样的太阳能彩灯，并用了几十个蘑菇灯塑造出了"如意"的造型，围在花园中央，每到傍晚各种灯光在花园中闪烁，幽静明亮。

我们为小如意定制了汉白玉石棺，石棺的四面雕刻着纯洁的莲花，上面镶刻着一个大大的"福"字。

2024 年 4 月 27 日，星期六（农历三月十九），这天是妻子选定为和如意下葬的日子。

当天我和妻子都起得很早，妻子坚持亲自为宝贝开挖墓穴，我在做早餐。

突然我听到妻子大声喊我：

"老公，快来看这是什么？"

我放下手里的活快步来到院子里，只见妻子从坑里很费劲地搬出一块石头，大约有 250 厘米宽，320 厘米高。

"一块石头你也大惊小怪。"我嗔怪道。

"它特别重，比一般石头重得多，是宝石吧。"妻子说道。

我没有多说，回去做饭了。

小如意的石棺足够高，骨灰盒可以立着放在里面，妻子很在意这一点，担心伤着宝贝。

妻子将小如意生前所有的玩具和喜欢的物品全部放了进去，还有那盘装载着"爱"的CD。

石棺用玻璃胶封起。

10时30分，我和妻子用绳子揽住石棺的两头移动到墓穴旁，然后放到中间位置，慢慢将绳子松开，石棺渐渐下落，平稳着地。

我和妻子在墓穴旁伫立了很久，才将石棺掩埋。

"安息吧，宝贝！"

"安息吧，小天使！"

"安息吧，小如意，爸爸、妈妈永远爱你！

今天是我们和宝贝结缘的一年零一天，宝贝就永远地离开了我们，深埋在土里。

妻子清洗掉那块石头上的泥土，把它擦得干干净净，像石碑一样立在了宝贝的墓旁。

像妻子说的一样，这还真是一块奇石，除了它超重以外，白天在阳光下看它就像是一只大型犬的侧影。

快正午了，太阳不声不响地来到头顶，向我们的花园和宝贝的陵墓投下温暖的阳光，奇特的墓石在阳光的照射下透出翠绿的寒光，周围簇拥着各种美丽的鲜花。

迎福在院子里伸着头向外张望，不停地"喵喵"几声，它身后跟着吉祥和喜乐，三个可爱的小家伙。

"宝贝在这里应该不会感到孤独。"妻子说道。

"有我们的爱守护着它，还有喜乐、迎福和吉祥，小如意不会孤单。"我应道。

一朵浮云掠过头顶遮住了太阳，我抬头向天空望去，只见阳光正透过云朵的边缘，洒向四面八方。

云朵自东向西飘移而去，阳光重新回到花园里，回到我们的身上。

伫立在宝贝墓前，看着天空远去的浮云，心中顿生无限惆怅：感叹人生苦短，更感慨"世事无常"。

去年的今天我们和小如意结缘，仅仅一年，造物主就让我们阴阳相隔、天上人间。

"宝贝走了，它给我们留下的太多太多，我们又给了宝贝什么？"我问自己，也在问这个世界。

是啊，这世上又有什么是宝贝能够带走的呢？

除了"爱"！

后 记

"爱"是由人的慈悲心产生的一种意识，当然是一种能量，这种能量需要聚集，也需要释放。

喂养猫咪是爱心的体现，过程中既有能量的聚集，又有能量的释放，这种能量随着时间会不断地增强。

和猫咪结缘的人心中聚集着这种"爱"，我们关爱所有的小猫咪，认为都和自己家里的一样。当我们看到外面那些流浪的小猫咪时就心疼不已，想收养它们又因为数量太多收养不过来，特别是对于受伤生病的小猫咪，慈悲心不容自己离开，可能力又限制了我们的脚步，我们进退两难。

我们为流浪猫放置食物和水，让这些猫咪得以生存，它们因为得到了基本救助，就可以无序地繁殖后代，这是一个无解之题，结果造成大量的新生儿死亡。猫咪们的平均寿命只有可怜的 2 至 3 岁，猫咪们悲惨的现状困扰着我们。

到五月底《天使如意》的下篇初稿基本完成，我已经没有力气审稿，把任务交给了女儿。

妻子已经提前买好了去往加拿大的机票，已经十一年没有去看女儿了，只在视频里见过面的小外孙女已经八周岁了，今年无论如何也要去和她们一起过暑假。

6月12日，我们经首尔转机登上了飞往多伦多的班机。在飞机上不由得想起十年前在加拿大的情景：一个野鸭子家族在多伦多的公路上穿行：前面是妈妈领路，爸爸在最后面保护，十几只小鸭子在中间叽叽喳喳地叫着，歪歪扭扭地走着，好不壮观。更为壮观的是公路双向行驶的汽车此刻全部停在公路两侧，静静地护送着这支长长的队伍，时间超过了十分钟。

第一次见到这种场景时，我的心确实被惊到了，第二次、第三次就"习以为常"了，人的理念就是这样形成的。

还有公园里的大天鹅，如果你在它面前吃东西不和它分享，它不但会发出气愤的声音和表情，还会对你发动攻击，我相信这绝对是人们把它"宠"出来的。这些野生动物，把人的"爱"做了最完美的诠释。

女儿的家如果按照我们认知应该算郊区，这里到处是绿茵草坪和成片的树林，小动物随处可见：松鼠嬉戏追逐，野兔成群结队，清晨成百上千只海鸥像鸽子一样在草地上觅食，还有夜里出没的浣熊。

"作为动物的人，你该如何对待动物？作为人的动物，又该如何对待自己？"这是每个人都应该认真思考的问题。

我问女儿为什么这里见不着流浪猫？女儿说这里各地都有收容站，专门收留流浪猫和流浪狗。而且这里遗弃猫狗是违法的，被举报了不得了。

"收容站里的猫狗大部分是有人送来的，送到这里有各种原因，唯一理由是没有能力继续收养它们了。还有少数是自己跑丢了，找不到家的。"女儿说道。

"如果有人领养它们可以吗？"我问道。

"当然可以，但手续比较复杂，要填表登记领养人的家庭所有信息，包括经济状况、家庭成员、居住条件等，还要到你家里实地考察，了解家庭是否和睦，有没有暴力倾向，都没有问题才可以交钱领走。领养后还要接受他们的监管，不定期到你家看看。我嫌麻烦，咱家的猫咪全是花钱买的。"女儿一口气说了这么多。

全世界对于文明社会的定义有各种版本，每个版本里都有一条是不可缺失的：善待动物！

在女儿那里住了3个月，9月12日乘班机飞往首尔，14日转机到北京，下午4时回到白鹭岛的家，见到了我们三个可爱的小家伙，它们在姐姐们的照顾下非常健康，特别是迎福胖了许多。这里补充一点：经美联众合廊坊瑞美动物医院的武医生推荐，我们在去加拿大之前，带迎福到秦皇岛市"全心全意动物医院"复查，迎福口腔的炎症没有完全消失，靠近喉咙部位红肿比较严重，杜院长说：虽然化验结果排除了病毒性感染，但有时按照病毒性疾病治疗效果非常好。我们也搞不懂为什么，之前我们遇到过这种病例，手术后一直炎症不退，我们给它服用了抗病毒的药，三个疗程后完全康复了。他建议我们试试。

我们接受了杜院长的建议，为迎福拿了三个疗程的药。在我们离开时还有一个疗程没有完成，我们把任务交给了小米和姐姐们。我们出国后是妻子的两个姐姐给我们照看家，照看它们。

回来后的第七天我们带迎福去复查，结果真的完全康复了。在此我们不但要感谢秦皇岛市"全心全意动物医院"，感谢这里的杜院长，也要感谢北京"美联众合廊坊瑞美动物医院"的武医生！从日记里获知去年7月5日那天我拨打的第一个求救电话就是"秦皇岛市全心全意动物医院"，只可惜当时没有打通，过后想来，只怪我们和小如意的命运不济。

最近抽出时间将书重新整理了一遍，特别是女儿的话给了我很多启示，坚定了我出版此书的决心，出版此书的初衷是为了纪念小如意苦难的一生，唤起我们对小动物的同情与关注，希望"动物保护法"早日颁布施行。受到加拿大之行的影响，我认识到：单独依靠立法是解决不了根本问题的，要靠更多爱心人士的加入和奉献，创造条件建立"弱小动物收容站"，对辖区内的流浪猫咪进行收容喂养，统一进行绝育手术，和爱心动物医院合作，对伤病动物进行必要的救治，这是解决我们养猫人内心困扰的唯一办法。

妻子说我是在"胡思乱想"，这是不可能实现的。

我的想法与妻子不同，我认为"想"总比不想好；大家"想"总比一个人想要好；"做"又比只想好；有人"做"总比没有人做好，只要我们在"想"，我们在"做"，这种"爱"的能量就会越集越大，总有一天将覆盖全国。

冬天要到了，妻子和小米整天忙着为猫咪们搭建可以过冬的窝，她们把猫舍都建到附近的树林里去了，还为猫咪们准备了过冬的暖水袋，购买了高热量的猫粮。

其实她们已经开始做我"想"的事了，不同的是，她们"只做不说"，而我是"只说不做"。

感谢所有关心和爱护小如意的朋友们！

感谢为救治小如意献出爱心的医护工作者！

感谢帮助过我们的亲朋近邻！

此书得到了妻子佘小琴，好友高研、唐礼蓉（小米）夫妇，好友吴光利，女儿和嘉的大力支持与帮助，在此真诚致谢！

2024 年 10 月 31 日

于山海关